未成年人思想道德建设丛书

文字的品格

叶圣陶 等著

民国时期中学生读本·语文

主编◎王风

本册编者◎汤莉

四川出版集团 天地出版社

图书在版编目（CIP）数据

文字的品格/王风主编.—成都：天地出版社，2012.6

（未成年人思想道德建设丛书·民国时期中学生读本）

ISBN 978-7-5455-0597-9

Ⅰ.①文… Ⅱ.①王… Ⅲ.①小品文-作品集-中国-现代 Ⅳ.①I 266.3

中国版本图书馆 CIP 数据核字（2012）第 017683 号

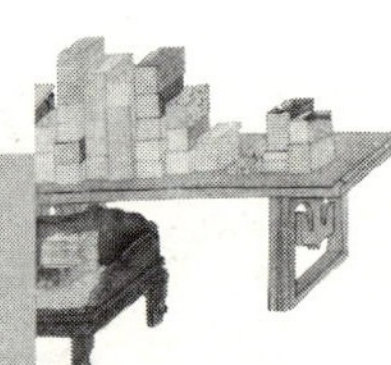

WENZI DE PINGE

文字的品格（语文）

叶圣陶 等/著 王风/主编 汤莉/编

天地无极 世界有我

出品人 罗文琦

策 划 熊 宏 罗文琦 梁 凌 李 云

组 稿 李 云 卢亚兵 李婷婷 姜 枫 郭汉伟 李孟菊 李 科

责任编辑 卢亚兵

责任校对 程 于 张思秋

装帧设计 云文书香

电脑制作 四川胜翔数码印务设计有限公司

责任印制 桑 蓉

出版发行 四川出版集团·天地出版社

（成都市三洞桥路 12 号 邮政编码：610031）

网 址 http://www.tiandiph.com

http://www.天地出版社.com

电子邮箱 tiandicbs@vip.163.com

印 刷 成都蜀通印务有限责任公司

版 次 2012 年 6 月第一版

印 次 2012 年 6 月第一次印刷

成品尺寸 165mm×230mm 1/16

印 张 15

字 数 156 千

定 价 25.00 元

书 号 ISBN 978-7-5455-0597-9

总　序

这是一套小书，或者说一点小心意，送给现在年少的朋友们。说“年少”，只是相对我们几位编者而言，其实你们正在成人，不远的未来更将独立面对社会。这是人生千变万化的时期，正在形成自己的判断，贸然施教就像硬送礼物一样，是颇为危险的一件事情。好在这不是高头讲章，里面虽有不少“大家”，但都不会板起面孔，下令该如何如何。他们是些有趣的家伙，蛮有趣味地讲一些他们感兴趣的话题。你们没有必须读必须听的义务，或者随便翻翻，那对于我们的工作也是不小的奖励了。

也许，对于你们最亲近的朋友——父母和老师来说，无论他们多么热切地盼望你们“成材”，进而“成才”，甚至“成龙”，而苛求你们集中一切精力到学业上，这也是一套不犯忌讳的读物。当然，我们提供的不是“教辅”，虽然与你们的课目颇有重合，但这是对同样知识的不一样的叙述，在我看来或许更亲切些。如果你们更年长的朋友——

祖父母或外祖父母，偶尔在你们的书桌旁翻看这几本书，发现其中一些文章在他们年少时，也就是你们现在这个年纪时也曾经读过，那就更有意思了。

想想，这是三代以上的人曾经阅读的东西，确实有点“沧桑”。文字是奇妙的，今人与古人可以面对同样的文本，完成同样的阅读经历。这套书里的文章并不特别古老，离我们现在六七十年，了不起七八十年，也就是所谓“民国时期”。不过，虽然隔着这样的时空，这些文字并不真就七老八十了。好文章不会变老，一代一代人总会不断地阅读。几十年前的经验也未必过时，读读老长辈们在你们这个年龄时所读过的，能不能接受都不要紧，但接触到不一样的东西总不是坏事吧。

这些文章选自民国时期各种期刊、书籍，按类分成十册。其中大部分似乎可以对应到中学的科目：《文字的品格》大量是所谓语文的内容，《三下五除二》都是数学话题，

《英文读译说写》一望可知其所云者，《从电子到宇宙》涉及化学物理，《万卷书万里路》自然包括历史地理，《鸟兽草木虫鱼》无疑是生物了，《从梅花说到美》则比较写意，因为这是升学考试所不待见的，也许应该格外受到欢迎。不过我们的选文标准，并不管你们课堂所学的内容，首先是文章漂亮，其次则态度亲切，另外最好说得好玩。在我看来，知识可以是有趣的，也应该是有趣的；知识的习得如果是苦差事，那再下苦工夫最终也还是枉然。

《为学与做人》的面孔看上去严肃，其实无非是长辈们提供自己的心得，也并没有什么说教，只是一些甘苦谈。他们的看法有不少差异，如果其中只言片语对你们有益，我想他们就很高兴了。《读书与用书》更是人言言殊，每个人的阅读经历不同，阅读经验自也千差万别。即便提到你看过的书，那么也许他是不一样的读法；而如果因为某一篇文章的提及，你寻读了原先所不知道或不在你计划中的书，也是难得的缘分，对我们编者而言那是意外之喜了。至于《自己的文章》，所收录的都是当时中学生的习作。这些作者，想必在世的已寥若晨星，而且都在耄耋之年。他们与诸位虽然相隔几代，但写作时与现在的你们是同年，从这个意义上说，是没有“代沟”的，大可以同学视之。

当然，这都是几十年前的文字了，与现在习见的文章风格差异不小，包括词汇、句式、语气等。对于文本的处理，我们有个共识，那就是尽可能保持原貌，或者说尽可能提供那时候的文本环境，并不去按照现在的标准“规范”。所谓“规范”，从教育来说是必须的，这自有课堂的训练。但作为阅读，则书写语言既是不断发展的，也是历史的。现在的孩子接触到大量网络语言，禁止是做不到的，关键是让他们清楚，不能带到特有语境之外，胡乱使用。而大量的历史文本，不可能因为不“规范”就废弃，更不可能全部“规范”，然后再印出来，在此之前不许阅读。我们有意提供这样的“粗粮”，也许口感不那么精细，但对锻炼脾胃想必有些好处。

比如，对于通假字、异形词，除了容易造成歧义的以外，我们并不去改动。“哪”作“那”、“彩”作“采”、“像”作“象”、“很”作“狠”、“缘”作“原”、“枝”作“支”，以及“彻”作“澈”、“弯”作“湾”、“晰”作“淅”、“碳”作“炭”，凡此等等，都一仍原样。至于“那么”与“那末”、“什么”与“甚么”、“答复”与“答覆”、“给予”与“给与”、“糊涂”与“胡涂”、“稀罕”与“希罕”，等等，自然原文如何便如何。大体而言，同音的情况而与现在普通用法不同的，即使字形差异较大，一般可以看做假借字；词中义同字异，则为异形词。明白这些，并不意味着现在写作可以如此，但对阅读旧书是很有帮助的。

同样，像人称代词“他”“她”“它”，结构助词“的”“地”“得”，当时也多只用“他”和“的”，并不区别。甚至结构助词还有一个现在废用的“底”，也予保留，知道有这个“底”，对阅读民国时期文本有用。当然，有些名词，比如“养气”（氧气）“淡气”（氮气）“雅片”（鸦片）等等，虽然相信很多年轻朋友也可推断出意义，但我们还是作了注。至于外国人名、地名等专有名词，大量与现在通译不一样，为尊重原文，我们只在注中给出通译名。

这样处理，与当今的习惯或规范并不一致，目的在于展现原始的文本，同时也希望读者养成阅读历史文本的能力。就像繁体字，能够认识也就能阅读几百年前的原本，游历名山大川，也不至于在那些石头上、牌匾上的文字面前变成文盲。俗话所谓“艺多不压身”，无须担心这会使年轻朋友迷惑。低估孩子们的判断力，总想把他们放在无菌室里，这从来就是当大人的愚蠢。

同样的道理，这套书选文的内容，除了个别明确规定的禁忌之外，我们都不作删改。所有作者都从善意立论和写作，同意什么，不同意什么，十几岁的少年自有主张，没有道理求同。人生很多事情本没有标准答案，父母老师与这些作者一样，给出的只是自己的理解和建议。作为编者，我们只是提供，不作解释。读者诸君如有什么读不懂或不理解的，知识方面，希望自己寻找线索和答案；见解方面，希望自己思考或与朋友讨论。

近两年的教育类图书，“民国时期”似乎成为一个颇为吸引眼球的概念，所翻印的从教材到作文，不大不小一个出版流行风。究其原因，是与反思当前的教育有关。对一个社会来说，教育问题从来是大问题，何况目前的教育确实存在大大小小的问题，有很多的不满在。那么作为不一样的资源，“民国时期”就被引入，并成为市场的需求。不过在我看来，教育问题作为日常存在，牵一发而动全身，需要持续不断地温和地推动改良，而不能寄希望于一夜之间翻天覆地的革命。激烈极端的用语，意气用事的主张，不但于事无补，反而造成浮躁和混乱。因而，“民国时期”的教育遗产可以作为资源汲取，但将这一时期理想化，并作为批判现实的工具，那是与教育本身无关的问题。

本来没有意愿赶这个场，后来有一回几位朋友聊天，谈到那一时期不少前辈，有些在各自领域的卓然名家，却花费大量精力，为中学生写作。随便可以点出夏丏尊、叶圣陶、丰子恺、朱自清、林语堂、朱光潜、刘薰宇、贾祖璋、顾均正、周建人，等等，今天这样的人少了，这样的文章也不多，或许不妨可以选印出来。出版社知道这个想法，很愿意合作，就这样有了这套书。与简单翻印旧籍不同，各位编者从大量旧报刊中翻查，需要格外多花些力气。但对当下的教育，与其简单对照，廉价批评，不如按我们的眼光去寻找，把我们认为的好东西发掘出来，似乎更理想些。

因而，也就有了这些薄薄的册子，以此结缘于愿意翻读的朋友们。书中的这些作者，有的人人皆知，也有的甚至已经查不到任何线索。不过，我想，不管是编者还是读者，都愿意给予深切的致意，铭感这些给我们的文字，虽然他们大都已不在人世。

王风

2012年春于北京大学

前 言

我总觉得你不会真的不喜欢语文。小时候缠着父母给你讲故事，长大了没事就找朋友聊天，想要多了解点这个世界就会翻翻书报杂志，开始有些小秘密了就忍不住写在日记里，这样的你，怎么可能不喜欢语文?

但我想我或许有点明白你不喜欢语文的理由：公式化且答案唯一的阅读理解题让你的阅读丧失了讨论的可能性；有些命题作文让你无话找话，有些又让你为了得高分而不能说真话只能说套话……于是你也就渐渐懒得写作文甚至怕写作文。虽说你还是喜欢读课外书，喜欢和朋友聊天，喜欢写日记、写诗、写小说，但你不喜欢只教你如何应付考试的语文课了。

其实，你读了一本有趣的书，多么希望能和人讨论讨论呢；你忍不住模仿试作的小说、诗歌，多么希望能与人分享呢；你不知道该读些什么书，该怎么写出自己的好文章，多么希望得到别人的帮助呢……是的，你只想和一个真诚而有涵养的大朋友谈一谈，把你的得意、你的苦恼、你的希冀告诉他，而他呢，会全神贯注地听你的话，时不时颔首、微笑，偶尔插入一个问题好把你的话理解得更透彻，之后，他会停下来想一想，然后慢慢地用最平实的语言把他的想法告诉你，还带着商量的语气，欢迎你的补充或者质疑。

是的，如果有一个大朋友愿意和你谈一谈语文，不是教课，不是开讲坛，只是和你谈一谈，多好啊！

20世纪20年代，有一群热心中学语文教育事业的人——夏丏尊、叶圣陶、朱自清、丰子恺、朱光潜等，这些人各有所长：叶圣陶作小说，朱自清写诗写散文，丰子恺在老师李叔同的影响下对美术、音乐、佛教都有研究，夏丏尊在研究语文教育之余还从事翻译工作，朱光潜是美学家……而他们共同的一点是——对中学教育有着发自内心的热爱。他们先是在中学教书，后干脆根据自己的教育理想在上海开办了一所立达学园。为了让更多的青年获益，又将工作重心从学校教育扩大到出版领域，从1926年创办《一般》，自述将“努力于学术的生活化”，到1930年创办《中学生》，明确要做“中学生的课外导师，中等教育的后援军队”，都一以贯之地坚持着这种追求与理想。

也正是因为这种热爱，他们写出了一些很不一样的文章，这些文章是专门为中学生写的。他们都是好老师，他们明白学生到底需要什么，也懂得该用怎样的方式讲，于是就有了这些将扎实的学问融在里面的，充满温情的清新文字。

这样的写作姿态绝不是矫饰，他们只是将心比心。朱光潜在《给青年的十二封信》一书的扉页上摘录了勃朗宁的一句话：“我的心寄托在什么地方，让我的脑也就寄托在那里。”文章中写下的看法、道理，都是他们在体味自己生活的过程中产生的。“我以为切己的话才是切实的话”（朱光潜《谈学文艺的甘苦》)，那么你就可以想见，书中或是就总体谈国文该如何学习，或是从阅读、写作、语文知识的积累、文学作品的欣赏与创作这几个方面具体展开的文章，都是这些上世纪的大师们在用心地把自己的经验、思考传递给你呢。

当你读到这册小书时，我想你会感受到这些大朋友真诚地想要与你交谈的心。希望透过这些清新朴实的话语，你能触摸到语文的本质，感受到语文的美好。

汤莉

2011 年 12 月于北京清河

目　录

关于国文的学习（节选）

夏丏尊

一　引言

摆在我面前的题目，是“关于国文的学习”。就是要对中学生诸君谈谈国文的学习法。我虽曾在好几个中学校任过好几年国文科教员，对于这任务，却不敢自信能胜任愉快。因为这题目范围实在太广了，一时无从说起，并且自古迄今，已不知有若干人说过若干的话，著过若干的书，即在现在，诸君平日在国文课里，也许已经听得耳朵要起茧哩。我即使说，也只是些老生常谈而已。

我敢在这里声明，以下所说的不出老生常谈。把老生常谈，择要选取，来加以演述，使中学生诸君，容易领会，因而得着好处，是我的目的，这个目的如果能达到若干，那就是我对于中学生诸君的贡献了。

二　中学生应具的国文能力

国文二字，是无止境的。要谈中学生的国文学习法，先须豫定中学生应具的国文程度。有了一定的程度，然后学习才有目标，也才有学习法可言。

诸君是中学生，对于毕业时的国文科的学力，各自作着甚样的要求？我原不知道，想来是必各怀着一种期待的吧。我作了许多年的中学国文教员，对于国文科的学力，曾在心中主观地描绘过一个理想的中学生，至今尚这样描绘着。现在试把这理想的人介绍给诸君相识。

他能从文字上理解他人的思想感情，用文字发表自己的思想感情，而且能不至于十分理解错，发表错。

他是一个中国人，能知道中国文化及思想的大概。知道中国的普通成语与辞类，遇不知道时，能利用工具书物，自己查检。他也许不能用古文来写作，却能看得懂普通的旧典籍。他不必一定会作诗，作赋，作词，作小说，作剧本，却能知道什么是诗，是赋，是词，是小说，是剧本，加以鉴赏。他虽不能博览古昔典籍，却能知道普通典籍的名称，构造，性质，作者，及内容大略。

他又是一个世界上的人，一个二十世纪的人，他也许不能直读外国原书，博通他国情形，但因平日的留意，能知道全世界普通的古今事项，知道周比特[1]（cupido），阿普罗[2]（Apollon），委娜斯[3]（Venus）等类名词的出处，知道“三位一体”“第三国际”等类名词的意义，知道荷马（Homer）拜伦（Byron）是什么人，知道《神曲》（*Devine*

① 周比特，现通译作“丘比特”。

② 阿普罗，现通译作“阿波罗”。

③ 委娜斯，现通译作“维纳斯”。

Comedy）《失乐园》（*Paradise Lost*）是谁的著作，不会把“梅德林克”误解作乐器中的曼陀铃，把“伯纳特·萧”误解作是一种可吹的箫！（这是我新近在某中学校中听到的笑话，这笑话曾发生于某国文教员。）

我理想中所期待悬拟的中学毕业生的国文科的程度是这样。这期待也许有人以为太过分，但我自信却不然。中学毕业生是知识界的中等分子，常识应该够得上水平线。具备了这水平线的程度，然后升学的可以进窥各项专门学问，不至于到大学里还要听名词动词的文法，读一篇一篇的选文。不升学的可以应付实际生活，自己补修起来，也才有门径。

现在再试将民国十八年八月教育部颁行的中学课程暂行标准中所规定的高中及初中的毕业最低限度钞列如下。

（甲）高中国文科毕业最低限度：

（一）曾精读名著六种而能了解与欣赏。

（二）曾略读名著十二种而能大致了解欣赏。

（三）能于中国学术思想、文学流变、文字构造、文法及修辞等有简括的常识。

（四）能自由运用语体文及平易的文言文作叙事说理表情达意的文字。

（五）能自由运用最底限度的工具书。

（六）略能检用古文书籍。

（乙）初中国文科毕业最低限度：

（一）曾精读选文，能透澈了解并熟习至少一百篇。

(二)曾略读名著十二种，能了解大意，并记忆其主要部分。

(三)能略知一般名著的种类，名称，图书馆及工具书籍的使用，自由参考阅读。

(四)能欣赏浅近的文学作品。

(五)能以语体文作充畅的文字，无文法上的错误。

(六)能阅览平易的文言文书籍。

把我所虚拟的中学生的国文程度和教育部所规定的中学生国文科毕业最低限度两相比较，似乎也差不多相仿佛。不过教育部的规定，把初中高中截分为二，我则泛就了中学生设想而已。

现在试姑把这定为水平线，当作学习的目标。怎么去达这目标呢？这就是本文所欲说的了。

三　关于阅读

依文字的本质来说，国文的学习途径，普通是阅读与写作二种。阅读就是我在前面所说的“从文字上理解他人的思想感情”的事，写作就是我在前面所说的“用文字发表自己的思想感情”的事。能阅读，能写作，学习文字的目的就已算达到了。

先谈阅读。

“阅读什么?”这是我屡从本志读者及一般青年接到的问题。关于这问题，曾有好几个人开过几个书目。如胡适的《最低限度的国学书目》，梁启超的《国学入门书要目》，此外还有许多人发过不少零碎的意见。但我在这里却不想依据这些意见，因为“国文”与“国学”不同，而且那些书目也不是为现在肄业中学校的诸君开列的。

就眼前的实况说，中学国文尚无标准读本，中学国文课程中的读物，大部分是选文。别于课外由教师酌定若干整册的书籍作为补充。一般的情形既不过如此，当然谈不到什么高远的不合实际的议论。我在本文中只拟先就选文与教师指定的课外书籍加以说述。然后再涉及一般的阅读。

今天选读一篇冰心的小说，明天来一篇柳宗元的游记，再过一日来一篇《史记·列传》，教师走马灯式地讲授，学生打着呵欠敷衍，或则私自携别书观览：这是普通学校中国文教室中的一般情形。本文是只对学生诸君说的，教师方面的话，姑且不提，只就学习者方面来说。中学国文课中既以选文为重要干部，占着时间的大部分，应该好好地加以利用。为防止教师随便敷衍计，我以为不妨由学生豫先请求教师，定就一学年或半学年的选文系统。决定这学年共约选若干篇文字，内容方面属于思想的若干篇，属于文艺的若干篇，属于常识，或偶发事项的若干篇，属于实用的若干篇，形式方面，属于记叙体的若干篇，属于议论体的若干篇，属于传记或小说的若干篇，属于戏剧或诗歌的若干篇，属于书简或小品的若干篇。（此种豫计，只要做教师的不十分撒滥污[①]，照理应该不待学生请求，自己为

① 撒滥污，即南方方言“拆烂污”，意为马虎、不负责任。

之。）材料既经定好，对于选文，应该注意切实学习。

我以为最好以选文为中心，多方学习，不要把学习的范围限在选文本身。因为每学年所授的选文，为数无几，至多不过几十篇而已。选文占着国文正课的重要部分，如果于一学年之中，仅就了几十篇文字本身，知得其内容与形式，虽然试验时可以通过，究竟得益很微，不能算是善学者。受到一篇选文，对于其本身的形式与内容，原该首先理解，还须进而由此出发，作种种有关系的探究，以扩张其知识。例如教师今日选授陶潜的《桃花源记》，我以为学习的方面有下列种种。

（1）求了解文中未熟知的字与辞。

（2）求了解全文的趣意与各节各句的意义。

（3）文句之中如有不能用旧有的文法知识说明者，须求得其解释。

（4）依据了此文玩索记叙文的作法。

（5）借此领略晋文风格的一斑。

（6）求知作者陶潜的事略，旁及其传记与别的诗文。最好乘此机会去一翻《陶集》。

（7）借此领略所谓乌托邦思想。

（8）追求作者思想的时代的背景。

一篇短短的《桃花源记》于供给文法文句上的新知识以外，还可借以知道记叙文的体式，晋文的风格，乌托邦思想的一斑，陶潜的传略，晋代的状况等等。如此以某篇文字为中心，就了有关系的各方面扩张了学去，有不能解决的事项，则翻书查字典或请求教师指导，那么读过一篇文字，不但收得其本身的效果，还可连带了习得种种的知识。较之胡乱读过就算者，真有天渊之差了。知识不是可以孤立求得的，必须有所凭借，就某一点分头扩张追讨，愈追讨关联愈多，范围也愈多。好比雪球，愈滚愈会加大起来。

以上所说的是对于选文的学习法，以下再谈整册的书的阅读。

整册的书，那几种应读？怎样规定范围？这是一个麻烦的问题了。我以为中学生的读书的范围，可分下列的几种。

（1）因选文而旁及的。　如因读《桃花源记》而去读《陶集》，读《无何有乡见闻记》（威廉·马列斯著）；因读司马谈的《论六家要旨》而去读《论语》《老子》《韩非子》《墨子》等等。

（2）中国普通人该知道的。　如《四书》，《四史》，《五经》，周秦诸子，著名的唐人的诗，宋人的词，元人的曲，著名的小说，时下的名作。

（3）全世界所认为常识的。　如基督教的《旧约》《新约》，希腊的神话，各国近代代表的文艺名作。

不消说，上列的许多书，要一一全体阅读，在中学生是不可能的。但无论如何，要当作课外读物尽量加以涉猎，有的竟须全阅或精读。举例来说，《四书》须全体阅读，诸子则可选择读几篇，诗与词可读前人选本，《旧约》可选读《创世记》，《约伯记》，《雅歌》，《箴言》诸篇，《新约》可就《四福音》中择一阅读。无论全读或略读，一书到手时，最好先读序，次看目录，了解该书的组织，知道有若干篇，若干卷，若干数目，然后再去翻阅全书，明白其大概的体式，择要读去。例如读《春秋左传》，先须知道什么叫经，什么叫传，从什么公起至什么公止。读《史记》，先须知道本纪、世家、列传、书表等等的体式。

近来有一种坏风气，大家读书不喜欢努力于基本的学修，而好作空泛工夫。普通的学生案头有胡适的《中国哲学史大纲》，《白话文学史》，顾颉刚的《古史辨》；有《小说作法》，有《欧洲文学史》，有《印度哲学概论》，问他读过《四书》《五经》周秦诸子的书吗？不曾。问他读过若干唐宋人的诗词集子吗？不曾。问他读过古代历史吗？不曾。问他读过各派代表的若干小说吗？不曾。问他读过欧洲文艺中重要的若干作品吗？不曾。问他读过若干小乘大乘的经典吗？不曾。这种空泛的读书法，觉得大有纠正的必要。例如，胡适的《中国哲学史大纲》原是好书，但在未读过《论语》《孟子》《老子》《庄子》《墨子》等原书的人去读，实在不能得很大的利益。知道了《春秋左传》《论语》等原书的大概轮廓，然后去读《哲学史》中的关于孔子的一部分，读过几篇《庄子》，然后再去翻阅《哲学史》中的关于庄子的一部分，才会有意义，才会有真利益。先得了孔子庄子思想的基本的概念，再去讨求关于孔子庄子思想的评释，才是顺路。用喻来说，《论语》《春秋》《诗经》《礼记》是一堆的有孔的小钱，《哲学史》的《孔子》一节，是把这些小钱贯串起来的钱索子，《庄子》中《逍遥游》《大宗师》等一篇一篇的文字也是小钱，《哲学史》中《庄子》一节是钱索子。没有钱索子，不能把一个个的零乱的小钱，加以串贯整理，固然不愉快，但只有了一根钱索子，而没有许多可贯串的小钱，究竟也觉无谓。我敢奉劝大家，先读些中国关于哲学的原书，再去读《哲学史》，先读些《诗经》及汉以下的诗集词集再去读《文学史》，先读些古代历史书籍，再去读《古史辨》，万一必不得已，也应一壁读哲学史、文学史，一壁翻原书，以求知识的充实。钱索子原是用以串零零碎碎的小钱的，如果你有了钱索子而没有可串的许多小钱，那么你该反其道而行之，去找寻许多的小钱来串才是。

话不觉说得太絮叨了，关于阅读的范围，就此结束，以下试讲一般的阅读方法。

第一是理解。理解又可分两方面来说。（1）关于辞句的；（2）关于全文的。关于辞句的理解，不外乎从辞义的解释入手，次之是文法知识的运用。辞义的解释如不正确，不但读不通眼前的文字，结果还会于写作时露出毛病。因为我们在阅读时收得辞义，一经含糊不甚澈底明白，写作时也就不知不觉地施用，闹出笑话来。（笑话的构成，有种种条件。而辞义的故意误用，就是重要条件之一。）文字不通的原因，非文法不合即用辞与意思不符之故。“名教”，“概念”，“观念”，“幽默”等类名辞的误用，是常可在青年所写的文字中见到的，这就可证明他们当把这些名辞装入脑中去的时候，并未得到过正当的解释了。每逢见到新辞新语，务须求得正解，多翻字典，多问师友，切不可任其含糊。

辞义的解释正确了，逐句的文句已可通解了，那么就可说能理解全文了吗？尚未。文字的理解，最要紧的是捕捉大意或要旨，否则逐句虽已理解，对于全文，有时仍难免有不得要领之弊。一篇文字，全体必有一个中心思想，每节每段也必有一个要旨。文字虽有几千字或几万字，其中全文中心思想与每节每段的要旨，却是可以用一句话或几个字来包括的。阅读的人如不能抽出这潜藏在文字背后的真意，只就每句的文字表面支离求解，结果每句是懂了，而全文的真意所在，仍是茫然。本稿纸数有限，冗长的文例，是无法举的，为使大家便于了解着想，略举一二部分的短例如下：

当此之时，天下之大，万民之众，王侯之威，谋臣之权，皆欲决于苏秦之策；不费斗量，未烦一兵，未战一士，未绝一弦，未折一矢，诸侯相亲，贤于兄弟。（《战国策》）

“天下之大”以下同形式数句，只是“全世”之意；从有“不”字句起，至一连数句未甚么，只是“不战”二字之意而已。

外物不可必，故龙逢诛，比干戮，箕子狂，恶来死，桀纣亡。人主莫不欲其臣之忠，而忠未必信；故伍员流于江，苌弘死于蜀，藏其血，三年而化为碧。人亲莫不欲其子之孝，而孝未必爱；故孝已忧而曾参悲。（《庄子·外物篇》）

这段文字，要旨只是第一句“外物不可必”五字，其余只是敷衍这五字的例证。

……大家来至秦氏卧房。刚至房中，便有一股细细的甜香。宝玉此时便觉得眼饧骨软，连说好香。入房向壁上看时，有唐伯虎画的《海棠春睡图》，两边有宋学士秦太虚写的一副对联：“嫩寒锁梦因春冷，芳气袭人是酒香。”案上设着武则天当日镜室中设的宝镜，一边摆着赵飞燕立着舞的金盘，盘内盛着安禄山掷过伤了太真乳的木瓜，上面设着寿阳公主于含章殿下卧的宝榻，悬的是同昌公主制的连珠帐。……（《红楼梦》第五回）

把房中陈设写得如此天花乱坠，作者的本意，只是想表出贾家的富丽与秦氏的轻艳而已。

对于一篇文字，用了这样概括的方法，逐步读去，必能求得各节各段的要旨，及全文的真意所在，把长长的文字归纳于简单的一个概念之中，记忆既易装在脑子里，也可免了乱杂。用譬喻来说，长长的文字，好比一大碗有颜色的水，我们想收得其中的颜色，最好能使之凝积成一小小的颜色块，弃去清水，把小小的颜色块带在身边走。

理解以外，还有所谓鉴赏的一种重要功夫须做，对于某篇文字，要了解其中的各句各段及其全文旨趣所在，这是属于理解的事。想知道其每句每段或全文的好处所在，这是属于鉴赏的事。阅读了好文字如果只能理解其意义，而不能知道其好处，犹如对了一幅名画，只辨识了些其中画着的人或是椅子，树木等等，而不去领略那全幅画的美点一样。何等可惜！

鉴赏因了人的程度而不同，诸君于第一年级读过的好文字，到第二年级再读时，会感到有不同的处所，到毕业后再读，就会更觉不同了。从前的所谓好处，到后来有的会觉得并不好，此外别有好的处所，有的或竟更觉得比前可爱。我幼年读唐诗时，曾把好的句加圈。近来偶然拿出旧书来看，就不禁自笑幼稚，发见有许多不对的地方，有好句子而不圈的，有句子并不甚好而圈着的。这种经验，我想一定人人都有，不但对于文字如此，对于书法、绘画，乃至对于整个的人生都如此的。

鉴赏的能力既因人而异，因时而异，关于鉴赏，要想说出一个方法来，原是很不容易的事。姑且把我的经验与所见约略写出一二，以供读者诸君参考。

据我的经验，鉴赏的第一条件，是把“我”放入所鉴赏的对象中去，两相比较。一壁读，一壁自问“如果叫我来说，将怎样?”对于文字全体的布局，这样问；对于各句或句与句的关系，这样问；对于每句的字，也这样问。经这样一问，可生出三种不同的答案来：

（甲）与我的说法相合或差不多，我也能说。并没有什么。

（乙）我心中早有此意见或感想，可是说不出来，现在却由作者替我代为说出了。觉到一种快悦。

（丙）说法和我全不同，觉得格格不相入。

三种之中属于（甲）的，是平常的文字（在读者看来)；属于（乙）的，是好文字。属于（丙）的怎样？是否一定是不好的文字？不然。如前所说，鉴赏因人而不同，因时而不同，所鉴赏的文字与鉴赏者的程度如果相差太远，鉴赏的作用就无从成立。“仁者见仁”，“智者见智”，“英雄识英雄”，是相当可信的话。诸君遇到属于（丙）类的文字时，如果这文字是平常的作品，能确认出错误的处所来，那么直斥之为坏的不好的文字，原无不可。倘然那文字是有定评的名作，那就应该虚心反省，把自己未能同意的事，暂认为能力尚未到此境地，益自奋励。这不但文字如此，书法绘画，无一不然。康有为、沈寐叟的书法，是有定评的，可是在市侩却以为不如汪洵的好，最近西洋立体派未来派的画，在乡下土老看来，当然不及曼陀、丁悚的月份牌、仕女画来得悦目。

鉴赏的第二要件是冷静。鉴赏有时称“玩赏”，诸君在厅堂上挂着的画幅上，他人手中有书画的扇面上，不是常有见到某某先生“清玩”，或“雅鉴”“清赏”等类的字样吗？“玩”和“鉴”与“赏”有关。这“玩”字大有意味。普通所谓“玩”者，差不多含有游戏的态度，就是“无所为而为”，除了这事的本身以外，别无其他目的的意味。读小说时，如果急急要想知道全体的梗概，热心地“未知以后如何且看下回分解”地急忙读去，虽有好文字，恐也无从玩味，看不出来，第二次第三次再读，就不同了。因为这时对于全书梗概已经了然，不必再着急，文字的好歹，也因而容易看出。将我自己的经验当作例子来说，《红楼梦》第三回中黛玉初到贾府与宝玉第一次见面时，写道：

……宝玉看毕笑道：“这个妹妹我曾见过的。”贾母笑道：“可又是胡说，你何曾见过他。”

宝玉笑道：“虽然未曾见过他，然看着面善，心里倒像是旧相识，恍若远别重逢一般。”

我很赞赏这段文字。因为这一对男女主人公，过去在三生石上赤霞宫中有着那样长久的历史，以后还有许多纠葛，在初会见时，做宝玉的恐怕除了这样说，别无更好的说法的了。故可算得是好文字。可是我对于这几句文字的好处，直到读了数遍以后才发见（《红楼梦》我曾读过十次以上）。是玩味的结果，并不是初读时就知道的。

好的作品至少要读二遍以上。最初读时，不妨以收得梗概了解大意为主眼，再读时就须留心鉴赏了。用了“玩”的心情，冷静地去对付作品，不可再囫囵吞咽，要仔细咀嚼。诗要反覆地吟，词要低徊地诵，文要周回地默读，小说要耐心地细看。

把前人鉴赏的结果，拿来做参考，足以发达鉴赏力。读词读诗，不感到兴趣的，不妨去择一部诗话或词话读读，读小说不感到兴趣的，不妨去一阅有人批过的本子。诗话、词话、文评、小说评，是前人鉴赏的记录，能教示我们以诗词文或小说的好处所在，大足为鉴赏上的指导。举例来说：《水浒》中写潘金莲调戏武松的一节，自“叔叔万福”起，至“叔叔不会簇火，我与叔叔拨火，要似火盆常热便好”，一直数十句谈话都称“叔叔”，下文接着写道：“那妇人……便放了火筋，却筛一盏酒来自呷了一口，剩了大半盏看着武松道：‘你若有心，吃了这半盏儿残酒。’”金圣叹在这下面批着：“写淫妇便是活淫妇”，“以上凡叫过三十九个叔叔，忽然换做一个你字，妙心妙笔。”

这“叔叔”与“你”的突然的变化，其妙处在普通的读者也许不易领会，或者竟不能领会，但一经圣叹点出，就容易知道了。

但须注意，前人的诗话、词话、文评、小说评，是前人鉴赏的结果。用以帮助自己的鉴赏能力则可；自己须由此出发，更用了自己的眼识去鉴赏，切不可为所拘执。前人的鉴赏法，有好的也有坏的。特别是文评，从来以八股的眼光来评文的甚多，什么“起承转合”，什么“来龙”“去脉”，诸如此类，从今日看去，实属可哂，用不着再去蹈袭了。

四　关于写作

从古以来，关于作文，不知已有过多少的金言玉律。什么“推敲”咧，“多读多作多商量”咧，“文以达意为工”咧，“文必己出”咧，诸如此类的话，不遑枚举，在我看来，似乎都只是大同小异的东西，举一可概其余的。例如“推敲”与“商量”固然差不多，再按之，不“多读”，则识辞不多，积理不丰，也就无从“商量”，无从“推敲”，因而也就无从“多作”了。因为“作”不是叫你随便地把“且夫天下之人”瞎写几张，乃是要作的。至于“达意”，仍是一句老花头，惟其与“意”尚未相吻合，尚未适切，故有“推敲”“商量”的必要，“推敲”“商量”的目的，无非就在“达意”而已。至于“文必己出”亦然。要达的是

"己"的意，不是他人的意，自己的意要想把它达出，当然只好"己出"，不能"他出"，又因要想真个把"己"达出，"推敲""商量"的功夫就不可少了。此外如"修辞立其诚"咧，"文贵自然"咧，也都可作同样的解释，只是字面上的不同罢了。佛法中有"一即一切""一切即一"的话，我觉得从古以来古人所遗留下来的文章诀窍亦如此。

我曾在本稿开始的时候声明，我所能说的只是老生常谈。关于写作，我所能说的更是老生常谈中之老生常谈。以下我将从许多老生常谈中选出若干适合于中学生诸君的条件，加以演述。

关于写作，第一可发生的问题是"写作些什么"，第二是"怎样写作"。

现在先谈"写作些什么"。

先来介绍一个笑话：从前有一个秀才，有一天伏在案头做文章，因为做不出，皱起了眉头，唉声叹气，样子很苦痛。他的妻在旁嘲笑了说："看你做文章的样子，比我们女人生产还苦呢！"秀才答道："这当然！你们女人的生产是肚子里先有东西的，还不算苦。我的做文章，是要从空的肚子里叫它生产出来，那才真是苦啊！"真的，文章原是发表自己的思想感情的东西，要有思想感情，才能写得出来，那秀才肚子里根本空空地没有货色，却要硬做文章，当然比女人生产要苦的了。

照理，无论是谁，只要不是白痴，肚子里必有思想感情。决不会是全然空虚的。从前正式的文章是八股文，八股文须代圣人立言，《论语》中的题目，须用孔子的口气来说，《孟子》中的题目，须用孟子的口气来说，那秀才因为对于孔子孟子的化装，未曾熟习，肚子里虽也许装满着目前的“想中举人”咧，“点翰林”咧，“要给妻买香粉”咧，以及关于柴米油盐等琐屑的思想感情，但都不是孔子孟子所该说的，一律不能入文，思想感情虽有而等于无，故有做不出文章的苦痛。我们生当现在，已不必再受此种束缚，肚子里有什么思想感情，尽可自由发挥，写成文字。并且文字的形式，也不必如从前地要有定律，日记好算文章，随笔也好算文章。作诗不必限字数，讲对仗，也不必一定用韵，长短自由，题目随意。一切和从前相较，真是自由已极的了。

那么凡是思想感情，一经表出，就可成为文章了吗？这却也没有这样简单。我们有疾病的时候，“我恐这病不轻”是一种思想的发露，但写了出来，不好就算是文章。“苦啊！”是一种感情的表示，但写了出来也不好算是文章。文章的内容是思想感情，所谓思想感情，不是单独的，是由若干思想或感情复合而成的东西。“交朋友要小心”不是文章，以此为了中心，把“所以要小心”“怎样小心法”“古来某人曾怎样交友”等等的思想组织地系统地写出，使它成了某种有规模的东西，才是文章。“今天真快活”不是文章，把“所以快活的事由”，“那事件的状况”等等记出，写成一封给朋友看的书信或一首自己看的日记，才是文章。

文章普通有两种体式，一是实用的，一是趣味的。实用的文章，为处置日常的实际生活而说，通常只把意思（思想感情）老实简单地记出，就可以了。诸君于年假将到时，用明信片通知家里，说校中几时放假，届时叫人来挑铺盖行李咧，在拍纸簿上写一张向朋友借书的条子咧，以及汇钱若干叫书店寄书册的信咧，拟校友会或寄宿舍小团体的规约咧，都是实用文。至于趣味的文章，是并无生活上的必要的，至少可以说是与个人眼前的生活关系不大，如果懒惰些，不作也没有什么不可。诸君平日在国文课堂上所受到的或自己想作的文章题目，如“同乐会记事”咧，“一个感想”咧，“文学与人生”咧，“悼某君之死”咧，“个人与社会”咧，小说咧，戏剧咧，新诗咧，都属于这一类。这类文章，和个人实际生活关系很远，世间尽有不做这类文章，每日只写几张似通非通的便条子，或实务信，安闲地生活着的人们。在中国的工商社会中，大部分的人就都如此。这类文章，用了浅薄的眼光从实生活上看来，关系原甚少，但一般地所谓正式的文章，大都属在这一类里。我们现今所想学习的（虽然也包括实用文），也是这一类。这是什么缘故呢？原来人有爱美心与发表欲，迫于实用的时候，固然不得已地要利用文字来写出表意，即明知其对于实用无关，也想把其五官所接触、心所感触的写出来示人，不能自已。这种欲望，是一切艺术的根源，应该加以重视。学校中的作文课，就是为使青年满足这欲望，发达这欲望而设的。

话又说远去了，那么究竟写作些什么呢？实用的文章，内容是有一定的，借书只是借书，约会只是约会，只要把意思直截简单地写出，无文法上的错误，不写别字，合乎一定的格式就够了，似乎无须多说。以下试就一般的文章，来谈“写作些什么”。

秀才从空肚子里产出文章，难于女人产小孩。诸君生在现代，不必抛了现在自己的思想感情，去代圣人立言，肚子决无空虚的道理。“花的开落”，“月的圆缺”，“父母的爱”，“家庭的悲欢”，“朋友的交际”，都在诸君经验范围之内，“国内的纷争”，“生活的方向”，“社会的趋势”，“物价的高下”，“流行的变更”，又为诸君观想所系。材料既无所不有。教师在作文课中，更常替诸君规定题目，叫诸君就题发挥，限定写一件什么事或谈一件什么理。这样说来，“写作些什么”在现在的学生似乎是不成问题了的。可是事实却不然。所谓写作，在某种意味上说，真等于母亲生产小孩。我们肚里虽有许多的思想感情，如果那思想感情，未曾成熟，犹之胎儿发育未全，即使勉强生了下来，也是不完全的无生命的东西。文章的题目，不论由于教师命题，或由于自己的感触，要之只不过是基本的胚种，我们要把这胚种多方培育，使之发达，或从经验中收得肥料，或从书册上吸取阳光，或从朋友说话中供给水分，行住坐卧，都关心于胚种的完成。如果是记事文，应把那要记的事物，从各方面详加观察。如果是叙事文，应把那要叙的事件的经过，逐一考查。如果是议论文，应寻出确切的理由，再从各方面引了例证，加以证明，使所立的断案坚牢不倒。归结一句话，对于题目，客观地须有确实丰富的知识（记叙文），主观地须有自己的见解与感触（议论文、感想文）。把这些知识或见解与感触，打成一片，结为一团，这就是“写作些什么”问题中的“什么”了。

有了某种意见或欲望，觉得非写出来给人看不可，于是写成一篇文章，再对于这文章附加一个题目上去。这是正当的顺序。至于命题作文是先有题目后找文章，照自然的顺序说来，原不甚妥当。但为防止钞袭计，为叫人练习某一定体式的文字计，命题却是一种好方法。近来学校教育上大多数也仍把这方法沿用着，凡正课的作文，大概由教师命题，叫学生写作。这种方式，对于诸君也许有多少不自由的处所，但善用之，也有许多利益可得。（1）因了教师的命题，可学得捕捉文章题材的方法，（2）可学得敏捷搜集关系材料的本领。（3）可周遍地养成各种文体的写作能力。写作是一种郁积的发泄，犹之爆竹的遇火爆发。教师所命的题目，只是一条药线，如果诸君是平日储备着火药的，遇到火就会爆发起来，感到一种郁积发泄的愉快，若自己平日不随处留意，临时又懒去搜集，火药一无所有，那么，遇到题目，只能就题目随便勉强敷衍几句，犹之不会爆发的空爆竹，虽用火点着了药线，只是“刺”地一声，把药线烧毕就完了。“写作些什么”的“什么”，无论自由写作，或命题写作，只靠临时搜集，是不够的。最好是豫先多方注意，从读过的书里，从见到的世相里，从自己的体验里，从朋友的触类记说话里，广事吸收。或把它零零碎碎地记入笔记册中，以免遗忘，或把它分类了各装入在头脑里，以便触类记及。

再谈“怎样写作”。

关于写作的方法，我在这里不想对诸君多说别的，只想举出很简单的两个标准。（1）曰明了，（2）曰适当。写作文章目的，在将自己的思想感情，传给他人。如果他人不易从我的文章上看取我的真意所在，或看取了而要误解，那就是我的失败。要想使人易解，故宜明了，为防人误解，故宜适当。我在前面曾说过：自古以来的文章诀窍，虽说法各各不同，其实只是同一的东西。这里所举的“明了”与“适当”，也只是一种的意义，因为不“明了”就不能“适当”，既“适当”就自然“明了”的，为说明上的便利计，姑且把它分开来说。

明了宜从两方面求之。（1）文句形式上的明了，（2）内容意义上的明了。

文句形式上的明了，就是寻常的所谓“通”。欲求文句形式上的明了，第一须注意的是句的构造和句与句间的接合呼应。句的构造如不合法，那一句就不明了；句与句间的接合呼应如不完密，就各句独立了看，或许意义可通，但连起来看去，仍然令人莫明其妙。这样的例子，举不胜举。例如：

发展这些文化的民族，当然不可指定就是一个民族的成绩，既不可说都是华族的创造，也不可说其他民族毫不知进步。

这是某书局出版的初中教本《本国历史》中的文字。首句的“民族”与次句的“成绩”，前后失了照应，“不可说”的“可”字，也有毛病。又该书于叙述黄帝与蚩尤的战争以后，写道：

这种经过，虽未必全可信，如蚩尤的能用铜器，似乎非这时所知。不过，当时必有这样战争的事实，始为古人所惊异而传演下来，况且在农业初期人口发展以后，这种冲突，也是应有的现象。

这也是在句子上及句与句间的接合上有毛病的文字。试再举一例：

我们应当知道，教育这件事，不单指学校课本而言，此外更有所谓参考和其他课外读物。而且丰富和活的生命，大概是后者而不是前者所产生的。

这是某会新近发表的《读书运动特刊》中《读书会宣言》里的文字。似乎辞句上也含着许多毛病。上二例的毛病在那里呢？本稿篇幅有限，为避麻烦计，恕不一一指出，诸君可自己寻求，或去请问教师。

初中的历史教本会不通，《读书会宣言》会不通，不能不说是“奇谈”了，可是事实竟这样！足见通字的难讲。一不小心，就会不通的。我敢奉劝诸君，从初年级就把简单的文法（或语法）学习一过，对于辞性的识别及句的构造法，具备一种概略的知识。万一教师在正课中不授文法，也得在课外自己学习。

句的构造与句与句间的接合呼应，如果不明了，就要不通。明了还有第二方面，就是内容意义上的明了。句的构造合法了，句与句间的接合呼应适当了，如果那文字可作两种的解释（普通称为歧义），或用辞与其所想表示的意义不确切，则形式上虽已完整，也仍不能算是明了。

> 无美学的知识的人怎能作细密的绘画的批评呢？

这是有歧义的一例。“细密的绘画”的批评呢，还是细密的“绘画的批评”？殊不确定。

> 用辅导方法，使初级中学学生自己获得门径，鉴赏书籍，踏实治学。（读“文”，作“文”，体察“人间”。）

这是某书局《初中国文教本编辑要旨》中的一条，可作为用辞与其所想表示的意义不确切的例子。“鉴赏书籍”，这话看去好像收藏家在玩赏宋版书与明版书，或装订作主人在批评封面制本上的格式哩。我想，作者的本意，必不如此。这就是所谓用辞不确切了。“踏实治学”一句，“踏实”很费解，说“治学”，陈义殊嫌太高。此外如“体察人间”的“人间”一语，似乎也有可商量的余地。

内容意义的不明了，由于文辞有歧义与用辞不确切。前者可由文法知识来救济，至于后者，则须别从各方面留心。用辞确切，是一件至难之事。自来名文家都曾于此煞费苦心。诸君如要想用辞确切，积极的方法是多认识辞，对于各辞具有敏感，在许多类似的辞中，能辨知何者范围较大，何者较小，何者最狭，何者程度最强，何者较弱，何者最弱。消极的方法，是不在文中使用自己尚未十分明知其意义的辞。想使用某一辞的时候，如自觉有可疑之处，先检查字典，到澈底明白然后用入。否则含混用去，必有露出破绽来的时候的。

以上所说是关于明了一方面的，以下再谈到适当。明了是形式上与部分上的条件，适当是全体上态度上的条件。

我们写作文字，当然先有读者存在的豫想的，所谓好的文字就是使读者容易领略，感动，乐于读阅的文字。诸君当执笔为文的时候，第一，不要忘记有读者，第二，须努力以求适合读者的心情。要使读者在你的文字中得到兴趣或快悦，不要使读者得着厌倦。

文字既应以读者为对象，首先须顾虑的是：(1)读者的性质，(2)作者与读者的关系，(3)写作这文的动机等等。对本地人应该用本地话来说，对父兄应自处子弟的地位。如写作的动机是为了实用，那么用不着无谓的修饰，如果要想用文字煽动读者，则当设法加入种种使之兴奋的手段。文字的好与坏，第一步虽当注意于造句用辞，求其明了；第二步还须进而求全体的适当。对人适当，对时适当，对地适当，对目的适当。一不适当，就有毛病。关于此，日本文章学家五十岚力氏有“六W说”，所谓六W者：

(1)为什么作这文？(Why)

(2)在这文中所要述的是什么？(What)

(3)谁在作这文？(Who)

(4)在什么地方作这文？(Where)

(5)在什么时候作这文？(When)

(6)怎样作这文？(How)

归结起来说，就是：

谁对了谁，为了什么，在什么地方。什么时候，用了什么方法，讲什么话。

诸君作文时，最好就了这六项逐一自己审究。所谓适当的文字，就只是合乎这六项答案的文字而已。我曾取了五十岚力氏的意思作过一篇《作文的基本的态度》，附录在《文章作法》（开明书店出版）里，请诸君就以参考。这里不详述了。

本稿已超过豫定的字数，我的老生常谈也已絮絮叨叨地说得连自己都要不耐烦了。请读者再忍耐一下，让我附加几句最重要的话，来把本稿结束吧。

文字的学习，虽当求之于文字的法则（上面的所谓明了所谓适当，都是法则）。但这只是极粗浅的功夫而已。要合乎法则的文字，才可以免除疵病。这犹之书法中的所谓横平竖直，还不过是第一步。进一步的，真的文字学习，须从为人着手。“文如其人”，文字毕竟是一种人格的表现，冷刻的文字，不是浮热的性质的人所能模效的，要作细密的文字，先须具备细密的性格。不去从培养本身的知识情感意志着想，一味想从文字上去学习文字，这是一般青年的误解。我愿诸君于学得了文字的法则以后，暂且抛了文字，多去读书，多去体验，努力于自己的修养，勿仅仅拘执了文字，在文字上用浅薄的功夫！

（《中学生》，1931 年第 11 期）

国文科的学力检验

夏丏尊

暑假快到，诸君之中有的已将在初中或高中部毕业。毕业的当儿有毕业考试，有会考；如果诸君是升学的，那么还须到大学专门学校或高中部去受入学考试。总之，在毕业诸君，目前已到了学力受总检验的时期了。考试是他人用了某种程限或标准来对诸君作检验的事。检验可由他人来行，也可以由自己来行。诸君此后升学也好，不升学也好，在中学里住了三年或六年，究竟获得了多少知识，固然值得自己先来作一清算，这些知识究竟于将来自己的进修与生活上是否够用，也值得自己来一加反省与考察。诸君在某种功课上造就如何，教师当然是明白的，其实最明白还要推诸君自己。对于诸君的学力，诸君自己是公正的评判官，是最适当的检验者。

中学课程中科目不少，这里试单就国文一科来说。

论理，要检验须有检验的标准。国文为中学科目中最重要的一科，也是最笼统的一科。因为文字原是一切学问的工具，而一国的文字又有关于一国的全文化，所以重要，因为内容包含太广泛，差不多包括文化及生活的全体，教学上苦于无一定的法则可以遵循，所以笼统一篇《项羽本纪》当作历史来读，问题比较简单，只要记到历史上楚汉战争的经过情形就够了，如果当作国文来读，事情就非常复杂，史实不消说须知道，史实以外还有难字、难句，叙事的繁与简，人物描写的方法、句法、章法，以及其他现出在文中的一切文章上的规矩法则，都须教到学到才行。这些工作，往往一项之中又兼含其他各项，倘若要一一教学用遍，究不可能，教者无法系统地教，只好任学生自己领悟，学者也无法系统地学，只好待他日自己触发。结果一篇《项羽本纪》对于一般学生只尽了普通历史材料的责任，无法完全其在国文课上的任务。国文与历史的关系如此，对于其他各科亦然，国文科原是本身并无内容，以一切的内容为内容的，所以教学上常不免有笼统的毛病，不若其他各科的有一定步骤可分。

自古以来不知道有多少人说过多少关于学文字的规范，可是在我们看来都觉得玄虚得很，其玄虚等于中医药方上的医案。文字应该怎样学，怎样作，怎样的文字才算好？至今还未曾有人能说出一个具体的答案来。诸君这三年或六年来日日与国文教师在一堂，国文教师对于诸君的学力当然曾有相当的分别评判：某人第一，某人寻常，某人最坏。但明确的具体的标准，恐也无法对诸君宣布吧。这是难怪的，因为国文原是一个笼统的科目。

民国十八年八月教育部颁布的《中学课程暂行标准》中曾就各科目规定过初中高中学生的毕业最低限度，其中关于国文科规定的最低限度如下：

（甲）初中国文科毕业最低限度：

（一）曾精读选文能透澈了解并熟习至少一百篇，

（二）曾略读名著十二种能了解大意并记忆其主要部分，

（三）能略知一般名著的种类名称，图书馆及工具书籍的使用自由参考阅读，

（四）能欣赏浅近的文学作品，

（五）能以语体文作充畅的文字无文法上错误，

（六）能阅览平易的文言文书籍。

（乙）高中国文科毕业最低限度：

（一）曾精读名著六种而能了解与欣赏，

（二）曾略读名著十二种而能大致了解与欣赏，

（三）能于中国学术思想、文学流变、文字构造、文法及修辞等有简括的常识，

（四）能自由运用语体文及平易的文言文作叙事说理表情达意的文字，

（五）能自由运用最低限度的工具书，

（六）略能检用古文书籍。

这限度中有几项原也定得很笼统，什么“名著六种”咧，“名著十二种”咧，什么“略能”咧，“大致”咧，什么“浅近的”咧，“平易的”咧，都是些不着边际的话。究竟所谓六种或十二种名著是些什么书，那一种文字叫做“平易的”“浅近的”，也不曾下着定义。到怎样程度才是“略能”，才是“大致”都无法说明其所以然。去年教育部所颁

布的正式课程标准中，已把这“毕业最低限度”一项除去了，也许因为各科都难作明确的规定，不仅国文一科是这样吧。

国文科在性质上既如此笼统，检验的标准自然也只好凭检验者的主观来决定。前几年北平清华大学中国文学系入学国文试题之中，有一项是出了一句联语叫学生作对，一时舆论大哗，大家责备那位出题目的教授顽固守旧。后来那位教授陈寅恪氏曾发表了一篇文字，（见《青鹤》杂志一卷三期，）把所以叫学生对对子的理由说明过。他说：对对子最易看出国文的学力。（甲）可以测验应试者能否分别虚实字及其应用，（乙）可以测验应试者能否分别平仄声，（丙）可以测验读书之多少及语藏之贫富，（丁）可以测验思想条理。大家见了这篇答辩都觉得不错，本来责难的人也不说什么了。

我写这篇文字的目的，在叫中学毕业诸君自己检验自己的国文科能力，不是我来检验诸君。这里只想提出几项极普通的标准，作诸君自己检验时的参考罢了。

（一）关于写作者　在一般的学校习惯上，教师评定学生国文能力，差不多是全凭写作的。诸君历次写作的成绩，有教师的评语可作依据，什么方面能力有余，什么方面能力不足，诸君平日理该自己明白，有余的越使发挥，不足的加修弥补。不过教师的评语每次着眼点或许不同，学校中的写作成绩又是机械地历年平均的，名为总成绩其实颇不可靠，今为总检验计，似应另用比较具体的标准来自己检查。第一种标准是翻译，翻文言为白话也好，翻英文为汉文也好，把普通文言诗歌或所读英文的一节，忠实地翻译出来，再自己毫不放松地逐字逐句与原文加以对照，就能看出自己的能力及缺陷所在。因为翻译是有原文的，既须顾到译文，又须顾到原文，一切用字造句都不能随意轻率，一有错误，对照起来，立即现出，所以是试练写作的好方法。第二种标准是评改他人的文字，把一篇他人的文字摆在面前，细心审读，好的部分加圈，坏的部分代为改窜；但好与坏都须把理由说得出，不准有丝毫的含糊。这两种标准比自由写作及命题作文来得可靠，既用不着滥调子，也用不着虚伪的修饰。而真实的写作能力可以赤裸裸地表现无遗。诸君自己试行了这两种检验，对于成绩如不敢自定，则不妨请师长父兄或靠得住的朋友共同批判。

（二）关于理解者　理解与写作为学习国文的两大目标，一般人日常生活上阅读的时间多于写作的时间，故理解可以说比写作更重要。理解的条件甚复杂，检验理解力最简单的标准是标点与分段。碰到一篇艰深的文章或一本书，如果你能逐句读得断，全体分得成段落，可以说你对于这篇文章或这本书已大致能理解的了。次之是常识的测验，有人把陶潜《桃花源记》中的“晋太原中”解作“山西太原府”，把“安禄山”解作西北之高山，这样的大笑话，其原因都是常识不足。以前所说国文科原是本身并无内容，以一切的内容为内容的。在普通文字中所谓内容，无非是些常识而已。中学毕业生尽可不懂偏僻的术语，普通书中常用的名辞究非知道不可。近来大学或专门学校的入学试题中，常有常识测验一个项目，你可以把各校的测验题目拿来测验自己，如自觉能力欠缺，就亟须自己补救。补救的方法是多问，多翻字典。

（三）关于语汇者　我们的言语，是因了性质或门类有着成串的排列的，表示一个意思的辞不止一个，一个辞又可与他辞合成另一个辞。这种成串的辞类，普通叫做语汇，或叫语藏。语汇分两种：（甲）理解语汇。理解语汇是帮助阅读时的理解的，譬如说，一个“观”字共有多少个解释？和他辞拼合起来，在头上者如“观念”，“观感”，“观光”，“观察”，……共有多少个？在末尾者如“楼观”，“壮观”，“人生观”，“达观”，“贞观”，……共有多少个？其中你所知道的有几个？这个检验，某字在头上者，最好用你日常所用的辞典来做依据，至于某字在末尾者可去一翻《佩文韵府》等类书。或任择数字叫朋友和你来竞争了一一写出，看谁写得最多，也可以。这类语汇丰富的人，就是理解力丰富的人。（乙）运用语汇，这是从写作方面说的。譬如一个“笑”字，你在写作中运用“笑”字的时候，因了情形，能换出几种花样来？与“笑”一系的辞，有“解颐”，“哄堂”，“捧腹”，“喷饭”，“莞尔”，……形容“笑”的程度的辞，有“呵呵”，“哈哈”，“嘻嘻”，……你知道的有几个？每一个意思因了情形或程度，自有一串的语汇，语汇丰富的人写作时才能多方应用，各得其所，犹之作战需用多数的军队。你该任就几个意思，把可用的辞列举出来，像检阅部下军队似地自己检验一下。如果你自觉所贮藏的可用辞不多，那就得随时留意，好好加以补充。

（四）其他　学习国文的重要目标，不外写作与理解二事，上面已把写作与理解的检验方法择要说过了。前项所说的语汇，是关系于写作与理解双方的，所以特别提开来说。此外尚有几种值得注意的几方面：（甲）书法。书法在科举时代向为检验国文能力的重要标准，自改办学校教育以来，就被忽视了。其实书法与我们实际生活关系甚密，在现代生活中差不多没有人可以一日不执笔的，现代工商社会中人，用笔的工作比从前士大夫都要忙。书法好坏的标准，现代亦和从前不同，应以敏捷、正确、匀净为目标，不会写端楷，不会临碑版，倒不要紧。寻常需要的是行书，是钢笔字。你对于这二者已用过相当的工夫了没有？如果你只会写那些文课里的方格字，而不能写社会上实际需要的别种样式的字，那么我劝你自己赶快补习。（乙）书写的格式。学校里的文课，所读的选文，书写的格式都是平版一律的，可是我们实际生活上所写的东西，各有一定的格式，不合这些格式，即使你书法很好也不相干。举例说吧，一封信里，受信者的名字与发信人的名字，各有一定的位置。年月日该写在什么地方，也有一定的规矩。何种字面须提行写，或空一格写？如果这封信不止一张，第二张至少该在第几行完结才不难看？又，信封上地名与人名应该怎样安排？诸如此类，问题不少。此外如契据的格式，章程的格式，公文的格式，简帖的格式，很多很多，你对于这种方面已知道大略的情形了吗？如果你只知道抄录文课的老格式，不懂得别的东西的写法，只会作家书及对于知己友人的通讯，不会对别的生疏未熟的人写一封客气点的信，那么我劝你自己赶快补习。（丙）讹写与音误。这就是所谓“写别字”和“读别字”了。在我所见到的中学生的投稿中，别字是常碰到的，别字和简笔字不同，简笔字近来颇有人提倡，因为书写便利，原该通融采纳。至于别字，究是浅陋幼稚的暴露，而且有碍意思的传达，大宜加以留意。证诸过去的文课，如果你自己知道是常写别字的，最好把《字辨》或《字学举隅》等类的书来补看一遍。至于读别字，在人前常会被暗笑，遇到自己以为靠不住的读音，须得随时检查字典。否则在人前不把未知道读法的字朗读，也是藏拙之一法。

市上正流行着什么《会考指南》《升学必携》等类的书册，这类书册的效力如何，我不知道。我这篇文字，目的在叫毕业诸君乘此文凭将要到手的时候，自己来作一回检验。不但对于升学的说，也对于不升学的说的，我所说的只是老实话，并无别的巧妙的秘诀，不知读者会失望否。

（《中学生》，1934 年第 46 期，原署名丏尊）

学习国文的着眼点

夏丏尊

上

中学生诸君：

这回我承教育部的委托，来担任关于国文科的讲演。讲演的题目叫做“学习国文的着眼点”。打算分两次讲，今天先来一个大纲，下次再讲具体的方法。

为了要使听众明了起见，开始先把我的意见扼要地提出。我主张学习国文该着眼在文字的形式方面。就是说，诸君学习国文的时候该在文字的形式方面去努力。

所谓形式，是对内容说的。诸君学过算学，知道算学上的式子吧，“1+2=3”这个式子可以应用于种种不同的情形，譬如说一个梨子加两个梨子等于三个梨子，一只狗加两只狗等于三只狗，无论什么都适用。这里面，“1+2=3”是形式，“梨子”或“狗”是内容。算式上还有用“X”的，那更妙了，算式中凡是用着“X”的地方不拘把什么数字代进去都适合，这时候“1”“2”“3”等等的数字是内容，“X”是形式了。

让我们回头来从国文科方面讲，文字是记载事物发挥情意的东西，它的内容是事物和情意，形式就是一个个的词句以及整篇的文字。文字的内容是各各不同的，同是传记，因所传的人物而不同，同是评论，有关于政治的，有关于学术的，有关于经济的，同是书信，有讨论学问的，接洽事务的，可以说一篇文字有一篇文字的内容，无论别人所写或自己所写，每篇文字决不会有相同的内容的。内容虽然各不相同，形式上却有相同的地方，就整篇的文字说，有所谓章法、段落、结构等等的法则，就每一句说，有所谓句子的构成及彼此结合的方式，就每句中所用的词儿说，也有各种的方法和习惯。此外因了文字的体裁，各有一定共通的样式，例如，书信有书信的样式，章程有章程的样式，记事文有记事文的样式，论说文有论说文的样式。这种都是形式上的情形，和文字的内容差不多无关。我以为在国文科里所应该学习的就是这些方面。

国文科是语言文字的学科，和别的科目性质不同，这只要把诸君案头上教科书拿来比较，就可明白别的科目的教科书如动物、植物、历史、地理、算术、代数，都是分章节的，全书共分几章，每章之中，又分几个小节，前一章和后一章，前一节和后一节，都有自然的顺序，系统非常完整，可是国文科的教科书就不是这样了。诸君所读的国文教材，大部分是所谓选文，这些选文是一篇一篇的东西，有的是前人写的，有的是现代人写的，前面是《史记》里的一节，接上去的也许可以是《红楼梦》或《水浒传》的一节，前面是古人写的书信，接上去的也许会是现代人的小说。这种材料的排列，谈不到什么秩序和系统，至于内容更是杂乱的很。别的科目的内容，是以我们所需要的知识为范围排列着的，植物教科书告诉我们关于植物的一般常识，历史教科书告诉我们人类社会活动进步的经过，地理教科书告诉我们地面上的种种现象和人类的关系，都有一定的内容可说。但是国文教科书的内容是什么呢？却说不出来。原来国文科的内容什么都可以充数，忠臣孝子的事迹固然可以做国文的内容，苍蝇蚊子的事情也可以做国文的内容，诸君试把已经读过的文字回忆一下，就可发见内容上的杂乱的情形。国文科的内容不但杂乱，而且有许多不是我们所需要的。譬如说：现在已是飞机炸弹的时代了，我们所需要的是最新的战争知识，而在国文教科书里所选到的还是单刀匹马式的《三国志演义》或《资治通鉴》里的一节。我们已是二十世纪的共和国公民了，从前封建时代的片面的道德观念已不适用，可是我们所读的文字，还有不少以宗祧贞烈等为内容的。我们是青年人，青年人所需要的是活泼勇猛的精神，可是国文教科书里尽有不少中年人或老年人所写的颓唐感伤的作品，甚至于还有在思想上态度上已经明白落伍了的东西。国文科的教材如果从内容上看来，真是杂乱而且不适合的，有些教育者见到了这一层，于是依照了内容的价值来编国文教科书，他们豫先定下了几个内容项目，以为青年应该孝父母，爱国家，应该交友有信，应该办事有恒，于是选几篇孝子的传记排在一组，选几篇忠臣烈士的故事排在一组，这样一直排下去。这办法无异叫国文科变成了修身科或公民科，我觉得也未必就对。给青年读的文字当然要选择内容好的，但内容的价值，在国文科究竟不是真正的目的。

我的意思，国文科是语言文字的学科，除了文法修辞等部分以外，并无固定的内容的。只要是白纸上写有黑字的东西，当作文字来阅读来玩味的时候，什么都是国文科的材料。国文科的学习工作，不在从内容上去深究探讨，倒在从文字的形式上去获得理解和发表的能力。凡是文字，都是作者的表现。不管所表现的是一桩事情，一种道理，一件东西或一片情感，总之逃不了是表现。我们学习国文，所当注重的并不是事情道理东西或情感的本身，应该是各种表现方式和法则。诸君读英文的时候，曾经读过《龟兔竞走》的故事吧。诸君读这故事，如果把注意力为内容所牵住，只记得兔最初怎样自负，怎样疏忽，怎样睡熟，龟怎样努力，怎样胜过了兔等等一大串，而忘却了本课里的所有的生字难句，及别种文字上的方式，那么结果就等于只听到了《龟兔竞走》的故事，并没有学到英文。国文和英文一样，同是语言文字的科目，凡是文字语言，本身都附带有内容，文字语言本来就是为了要表现某种内容才发生的，世间决不会有毫无内容的文字语言。不过在国文科里，我们所要学习的是文字语言上的种种格式和方法，至于文字语言所含的内容，倒并不是十分重要的东西。我们自己写作的时候，原也需要内容，这内容要自己从生活上得来，国文教科书上所有的内容，既乱杂，又陈腐，反正是不适用，不够用的。我们的目的，是要从古人或别人的文字里学会了记叙的方法，来随便叙述自己所要叙述的事物，从古人或别人的文字里学会了议论的方法，来随便议论自己所想议论的事情。

学习国文，应该着眼在文字的形式上，不应该着眼在内容上，这理由上面已经说了许多，诸君想来已可明白了。有一件事要请大家注意，就是文字的内容是有吸引人的力量的东西，我们和文字相接触的时候，容易偏重内容忽略形式。老实说，一般的文字语言的法则，在小学教科书里差不多已完全出现了的，诸君在未进中学以前曾经读过六年的国语，教科书共有十二册。这十二册教科书照理应该把一般的文字语言的法则包括无遗。可是据我所知道的情形看来，似乎从小学出来的人都未能把这些法则完全取得。这是不足怪的，文字语言具有内容形式两个方面，要想离开内容去注意它的形式，多少需要有冷静的头脑。小学国语教科书的内容更不同，总算是依照了儿童生活情形编造的，内容的吸引力更大，更容易叫读的人忽略形式方面。用实在的例来说，依年代想来，诸君在小学里学国语，第一课恐怕是“狗，大狗，小狗。大狗叫、小狗跳”吧。这寥寥几个字，如果从文字的形式上着眼去玩味，有单语和句子的分别，有形容词和名词的结合法，有押韵法，有对偶法，有字面重叠法。但是试问诸君当时读这课书，曾经顾着到这些吗？那时先生学着狗来叫给诸君听，给诸君看，又在黑板上画大狗画小狗，对诸君讲狗的故事，诸君心里又想起家里的小花或是间壁人家的来富，整个的兴趣都被内容吸引去了，那里还有工夫来顾到文字形式上的种种方面。据我的推测，诸君之中大多数的人，在小学里学习国语，经过情形就是如此的。不但小学时代如此，诸君之中有些人在中学里读国文的情形，恐怕还是如此。诸君读到一篇烈士的传记，心里会觉得兴奋吧。读到一篇悲情的小说，眼里会为之流泪吧。读到一篇干燥无味的科学记载，会感到厌倦吧。这种现象在普通读书的时候是应该的，不足为怪，如果在学习文字的时候，大大地要自己留意。对于一篇文字或是兴奋，或是流泪，或是厌倦，都不要紧，但得在兴奋，流泪或厌倦之后，用冷静的头脑去再读再看，从文字的种种方面去追求，去发掘。因为你在学习国文，你的目的不在兴奋，不在流泪，不在厌倦，在学习文字呀。

竟有许多青年，在中学已经毕业，文字还写不通的，其原因不消说就在平时学习国文未得要领。文字的所以不通，并不是缺乏内容，十之八九毛病在文字的形式上。这显然是一向不曾在文字的形式上留意的缘故。他们每日在国文教室里对了国文教科书或油印的选文，只知道听教师讲典故，讲作者的故事，典故是讲不完的，故事是听不完的，一篇一篇的作品也是读不完的。学习国文，目的就在学得用文字来表现的方法，他们只着眼于别人所表现着的内容本身，不去留心表现的文字形式，结果当然是劳而无功的。

从前的读书人学文字，把大半的工夫花在揣摩和诵读方面。当时可读的东西没有现在的多，普通人所读的只是几部经书和几篇限定的文章。说到内容，真是狭陋的很。所写的文字也只是极单调的一套，如“且夫天下之人……往往然也”之类。他们的文字显然单调，在形式上倒是通的，只是内容空虚顽固得可笑而已。近来学生的文字，毛病适得其反，内容的范围已扩张得多了，缺点往往在形式上。这是值得大大地加以注意的。

我的话完了，今天说了不少的话，最重要的只有一句，就是说，学习国文应该着眼在文字的形式方面。至于具体的学习方法，留到下一回再讲。

下

中学生诸君：

前两天，我曾有过一回讲演，题目叫做“学习国文的着眼点”，大意是说，学习国文应该从文字的形式上着眼。今天所讲的是前回的连续，前回只讲了一番大意，今天要讲到具体的方法。

学习国文的方法，从古到今不知道已有多少人说过，我今天所讲的不消说都是些“老生常谈”，请勿见笑。我是主张学习国文应该着眼在文字的形式的，我所讲的方法也是关于文字形式方面的事情。打算分三层来说，（一）是关于词儿的，（二）是关于句子的，（三）是关于表现方法的。

先说关于词儿所当注意的事情，第一是词儿的辨别要清楚，中国的文字，是一个个的方块字，本身并无语尾变化，完全由方块的单字拼合起来造出种种的功用。中国文字寻常所用的不过一二千个字，初看去似乎只要晓得了这一二千个字，就可看得懂一切的文字了，其实这是大错的。中国常用的文字数目虽有限，可是拼合成功的词儿数目却很多，例如“轻”“重”两个字，是小学生都认识的，但“轻”字“重”字和别的单字拼合起来，可以造成许多词儿，如“轻率”“轻浮”“轻狂”“轻易”“轻蔑”“轻松”“轻便”都是用轻字拼成的词儿，“重要”“重实”“严重”“厚重”“沉重”“郑重”“尊重”都是用重字拼成的词儿，此外还可有各种各样的拼合法。这些词儿当然和原来的“轻”字“重”字有关联，可是每个词儿意思情味并不一样，老实说每个都是生字。你在读文字的时候必会和许许多多的词儿相接触，你在写文字的时候必要运用许许多多的词儿，词儿的注意，是很要紧的。中国从前的字典只有一个个的单字，近来已有辞典，不仅仅以单字为本位，把常用的词儿都收进去了。每一个词儿的意义似乎可用辞典来查考，但是你必须留意，辞典对于词儿的解释，是用比较意思相像的同义语来凑数的，譬如说“轻狂”和“轻薄”两个词儿，明明是有区别的，可是你如果去翻辞典，就会见“不稳重”或“不庄重”等类的共通的解释。这并不是辞典不好，实在是无可奈何的事，一个词儿的意义是多方面的，辞典当然不能一一列举，只能把大意用别的同义语来表示罢了。词儿不但有意义，还有情味，词儿的情味，完全要靠自己去领略，辞典是无法帮忙的。犹之吃东西，甜、酸、苦、辣是尝得出，说不出的东西。文字语言是社会的产物，词儿因了许多人的使用，各有着特别的情味，这情味如不领略到，即使表面的意义懂得了，仍不能算已了解了这词儿。再举例来说，“现代”和“摩登”意思是差不多的，可是情味大大不同。“现代学生”“现代女子”并不就是“摩登学生”“摩登女子”的意思。这因为“摩登”二字在多数人的心目中已变更了意义，“现代”二字不能表出它的情味了。又如“贼出关门”和“亡羊补牢”这两句成语，都是事后补救的譬喻，意思也是差不多的，但使用在文字语言里情味也有区别，“贼出关门”表示补救已来不及，“亡羊补牢”表示尚来得及补救，这因为“亡羊补牢”一向就和“未为晚也”联在一处，而“贼出关门”却是说人家失窃以后的情形的缘故。对于词儿，不但要知道它的解释，还要懂得它的情味。你在读文字的时候，如果不用这步工夫，那么你不但对于所读的文字不能十分了解，将来自己写起文字来也难免要犯用词不当的毛病。

上面所讲的是词儿的解释和情味两方面。关于词儿，另外还有一个方面值得注意，就是词儿在句子中的用法，这普通叫词性，是文法上的项目。我在前面曾经讲过，中国文字本身是一个个的方块字，一个词儿用作名词、动词、形容词、副词有时候都可以的。譬如“上下”一个词儿，就有各种不同的用法，这里有几句句子：“上下和睦”“上下其手”“张三李四成绩不相上下”“上下房间都住满了人”这几句句子里都有“上下”的词儿，可是文法上的词性各不相同。“上下”是两个单字合成的词儿，尚且有这些变化，至于单字的词儿变化更多了。这些变化，在普通的辞典里是找不着的。你须得在读文字的时候随处留意，你已记得梅花兰花的“花”字了，如果在读文字的时候碰到花钱的“花”字，花言巧语的“花”字，或是眼睛昏花的“花”字，都应该记牢，再如果碰到别的用法的“花”字也应该记牢，因为这些都是“花”字的用法，你如果只知道梅花兰花的“花”，不知道别的“花”，就不能算完全认识了“花”这一个词儿。

关于词儿可说的方面还不少上面所举出的三项，就是词儿的意义，情味，在句子中的用法，是比较重要的，学习的时候，应该着眼在这些方面。

以下要讲到句子了。关于句子第一所当着眼的是句子的样式。自古以来用文字写成的东西，不知有多少，即就诸君所读过的来说，也已很可观了，这些文字，虽然各不相同，若就一句句的句子看来，我以为样式是并不多的。我曾经有一个志愿，想把中国文字的句式来作归纳的统计，办法是取比较可做依据的书，文言的如《四书》《五经》，白话的如《红楼梦》《水浒》，一句句地圈断，剪碎，按照形式相同的排比起来，譬如说，“子曰”“曾子曰”“孟子曰”和“贾宝玉道”“林黛玉道”“武松道”归成一类，“不亦悦乎”“不亦乐乎”“不亦快哉”归成一类，“穆穆文王”“赫赫泰山”“区区这些礼物”归成一类，“烹而食之”“顾而乐之”“垂涕泣而道之”归成一类，这样归纳起来，据我推测，句子的种类是很有限的。确数不敢说，至多不会超过一百种的式样。诸君如不信，不妨去试试。读文字，听谈话，能够留心句式，找出若干有限的格式来，不但在理解上可以省却气力，而且在发表上也可以得到许多便利，诸君读文言传记，开端常会碰到“××，××人”或“××者××人也”吧，这是两个式样，如果有时候碰到“一丈，十尺”或“仁者人也”不妨把它归纳起来，当作一类的格式记在肚子里。诸君和朋友谈话，如果听到“天会下雨吧”“我要着皮鞋了”，就把它归纳起来当作一类格式来记住。

这样把句子依了式样来归并，可以从繁复杂乱的文字里看出简单的方法来，在学习上是非常切实有用的。此外尚有一点要注意，句子的式样是就句子独立着的情形讲的。一篇文字由一句句的句子结合而成，句子和句子的关系，并不简单。平常所认定的句子的式样，和别的辞句连在一处的时候，也许可以把性质全然变更。譬如说，“山高水长”，这句句式和“桃红柳绿”咧，“日暖风和”咧，是同样的。但如果上面加成分上去，改为“先生之风山高水长”的时候，情形就不同了。光是从“山高水长”看来，高的是山，长的是水，至于在“先生之风山高水长”里面，高的不是山，是先生之风，长的不是水，也是先生之风，意思是说“先生之风像山一般地高，水一般地长”了。这种情形，日常语言里也常可碰到，譬如说，“今天天气很好”，“我和你逛公园去吧”。这是两句独立完整的句子，如果连结起来，上一句就成了下一句的条件，资格不相等了。一句句子放在整篇的文字里和上文下文可以有种种的关系，连接的式样很多，方才所举的只不过一二个例子而已。读文字的时候对于每一句句子不但要单独地认识它，还要和上下文联络了认识它，自己写作文字的时候，对于每一句句子不但要单独地看来通得过，还要合着上下文看来通得过。尽有一些人，在读文字的时候，逐句懂得，而贯串起来倒不清楚，写出文字来，逐句看去似乎没有毛病，而连读下去却莫名其妙，这都是未曾把句子和句子的关系弄明白的缘故。

上面已讲过词儿和句子，以下再讲表现的方法。文字语言原是表现思想感情的工具。我们心里有一种意思或是感情，用文字写出来或口里讲出来，这就是表现。表现有各种各样的方法，同是一种意思或感情，可有许多表现的方式，同是一句话，可有各种各样的说法。譬如说“张三非常喜欢喝酒”，这话可以改变方式来说，例如“张三是个酒徒”咧，“张三是酒不离口的”咧，“酒是张三的第二生命”咧，意思都差不多，此外不消说还可有许多的表现法。“晚上睡得着”一句话可以用作“安心”的表现；骂人“没用”，有时可以用“饭桶”来表现；有时可以用反对的说法，说他是“宝贝”或“能干”。意思只是一个，表现的方法却不止一个，在许多方法之中，究竟用那一种好，这是要看情形怎样，无法豫定的。读文字的时候最好能随时顾到，看作者所用的是那一种表现法，用得有没有效果，自己写作文字，对于自己所想表现的意思，也须尽量考虑选择最适当的表现法。

文字语言的一切技巧，可以说就是表现的技巧。写一件事情，一种东西或是一种感情，用什么文体来写，先写什么，后写什么，写得简单或是写得详细，诸如此类，都是表现技巧上的问题。所以值得大大地注意。

我在上面已就了词儿、句子、表现法三方面，分别说明应该注意的事情，这些都是文字的形式上应该着眼的。诸君学习文字，我觉得这些就是值得努力的地方。

末了，我劝诸君能够用些读的工夫，从前的读书人，学习文字唯一的方法就是读。自有学校教育以来，对于文字往往只用眼睛看，用口来读的人已不多了。其实读是很有效的方法，方才所举的关于词儿、句子、表现法等类的事项，大半是可在读的时候发见领略的。我以为诸君应该选择几篇可读的文字来反复熟读，白话文也可用谈话或演说的调子来读。读的篇数不必多，材料要精，读的程度要到能背诵。读得熟了，才能发见本篇前后的照应，才能和别篇文字作种种的比较。因为文字读得会背诵以后，可离开书本，随时记起，就随时会有所发见，学习研究的机会也就愈多了。不但别人写的文字要读，自己写文字的时候也要读，从来名家都用过就草稿自读自改的苦工。

关于国文的学习，可讲的方面很多。时间有限，今天所讲的只是这些。我对于中学国文教学，曾发表过许多意见，有两部书，一部叫《文心》，一部叫《国文八百课》，都是我和叶绍钧先生合写的，诸君如未曾看到过，不妨参考参考。

注：该文为（民国）二十五年九月二十四、二十六两日教育部中等学校播音讲演稿。

（**《中学生》**，1936 **年第** 68 **期**）

选本的阅读

孙起孟　庞翔勋

在各级学校里，作为国文教育的基本材料的，便是所谓国文教科书，也就是国文选本。多数学校里，甚至将选本作为国文教学的唯一凭借。选本如此受人重视，原因在哪里？这样的重视，究竟是否合理？选本的正确作用究竟在哪里？我们又该怎样去阅读选本呢？

读国文选本，先得弄明白国文学习的目标，就是说我们为什么要学习国文？我们在国文学习中，要得到些什么？教育部颁布的国文课程标准上的答案是：初中的目标：（一）养成用语体文及语言叙事说理表情达意之技能，（二）养成了解一般文言文之能力，（三）养成阅读书籍之习惯与欣赏文艺之兴趣，（四）使学生从本国语言文字上，了解固有文化，并从代表民族人物之传记及其作品中，唤起民族意识与发扬民族精神。高中的目标：（一）除继续使学生能自由运用语体文外，并养成其用文言文叙事说理表情达意之技能，（二）培养学生读解古书，欣赏中国文学名著之能力，（三）陶冶学生文学上创作之能力，（四）使学生能应用本国语言文字，深切了解固有文化，并增强其民族意识。初中和高中目标第四条，看来原只是次要的，但实际上已经成为国文选材的最高标准。什么叫做“唤起民族意识与发扬民族精神”？什么叫做“深切了解固有文化并增强其民族意识”？这些话可能一个人有一个人的解释。在意义含混的情形下，有些国文选本变成了《公民》的补充读物，《历史》的参考书本了。什么“意识”“精神”倒并未加强，学习的效果可大大的减了色。我们并不是说国文的选材与学生的民族意识不发生关系，我们只是指出，“唤起民族意识与发扬民族精神”“深切了解固有文化并增强其民族意识”，那是全部课程的目标，国文选材而抱住了“民族意识”，那就钻进牛角尖去了。

依我们的理解，与其说国文是一种知识学科，不如认国文为一种技能学科。国文学习的中心目标，在使我们能把握一种工具，这种工具是无论学习什么都需要的。我们拿这种工具干什么？

第一是把别人的话，时代不同的人的话看得明白，一如他们自己；

第二是把自己的话说给别人听，写给别人看，别人的明白一如我们自己。

这是两个基本的目的，简单一点说，第一是阅读，第二是写作。上面用“明白”两字，意思还包括了阅读时得到作者所希冀的种种感应，如喜怒哀乐同情悲悯等等；写作的东西也要能给读者以这种种感应。

综合起来说，我们学习国文，主要的不外养成阅读书籍的习惯，培养欣赏文学的能力，训练写作文字的技能。

书籍的阅读，文学的欣赏，文字的写作等等能力与习惯，不能凭空培养，须得有所凭借，国文选本便是在这一需要之下产生的。选本所收的，都是单篇，篇幅不太长，分量不太多，做起仔细的揣摩工夫来，比较容易。而且一篇篇研读，体裁不同，情调各异，读起来不致单调。这便是所谓“精读”。通过精读，我们获得了阅读的基本能力，从而扩充到一般书籍的浏览，这便是所谓“略读”。国文学习一定要达到自动阅读书籍的境地，才算完成了任务。而阅读书籍的习惯与兴趣，须从咬文嚼字的基本工夫做起，这基本工夫，目下便从研读选本着手。所以，选本负担着奠定国文基础的责任，具有培养阅读能力的作用。

现在各地初中所采用的国文选本，一律是国定本，这部书出版年分较近，该是较为完善与进步的。不料事实适得其反，由于政治的偏见，标准的错误，编者的草率，这部选本竟成了“荒唐悠谬，绝后空前的坏教科书”（《大公报》邓恭三《星期论文》中语）。综合各家的批评，国定本的缺点有下列几点：（一）为迎合政府的意思，排斥了许多进步人士的优秀作品，胡乱凑些党国要人的文字，这些文字，大多不是失之太深，便是技巧平庸，不值得作为范本；（二）因为要趋时，强调了战时色彩，于是不管值不值得给中学生阅读，只要是抗战，飞行，体育等材料，一律采入，滥竽充数；现在看来，真觉得无一是处；（三）部颁的课程标准虽仍多可以考虑的地方，但总比较合理，例如关于文言与白话，记叙抒情说明议论各种体裁，都有一定的比例，国定本为了杂凑要人作品，竟“大大的破坏了这比例”（编者吴伯威语），弄得不伦不类；（四）为了要达成政府思想训练的目的，排列单元以内容为标准，破坏了文章体制和技能的程序，简直成了公民教本。

比较起来，初中部分，还是商务中华战前发行的那两部教科书像样一点，第一是选材较为精当；第二是反映了课程标准的合理的地方；第三是有文法与文章作法的材料。开明的《国文百八课》，依据文体系统，把文章作法文法和选文打成一片，最合理合用，可惜只出了四本。新近出版的，有文化供应社的《初中精读文选》，开明的《开明新编国文读本》，取材新颖，编选认真，都较合用。

高中的选本，国定本还没有，目下依旧是三家的天下：商务的《复兴高中国文》，中华的《高中国文》，正中的《高级中学国文》，这些教本都根据旧的课程标准编选，以课程标准的立场来说，选材是颇为适合的，编辑也还认真，注释之类都没有初中国定本那么草率。但由于高中国文课程标准本身不合理，这些教本便有了下列几种共通的缺点：“（一）误认国文为国故学；（二）误认国文为纯文学；（三）误认国文为中国文学史；（四）误认国文为学术史；（五）误认国文为万有文库。”（《大公报》俞剑华《国文课本之改造》）最不合理的，是叫一向读惯白话文的高中一年级学生读《易经》《书经》等“天书”。

遵照教育部卅年修正课程标准编辑的高中国文教本，目下只有进修出版教育社的《高中进修国文选》，不再是

“国故学”“纯文学”“文学史”和“学术史”，根据了各类文章的体裁组成单元，强调国文的技巧的研究，《文选》文章作法和文法联成一气，比较合理得多了。

课本选好了，怎样运用呢？

多数学校里国文教学的顺序是这样的：上课的时候选讲一篇文章，教师逐字逐句的讲解，学生静静地听着（有时其实并不静，甚至也不在听），逢到生字人名地名之类，教师便将从工具书上得来的注解抄在黑板上，让学生一知半解地照抄一遍。讲过了，意思大体了解了，这篇文章就算交代过去。假定一星期讲完一篇，一学年不过讲三四十篇文章。阅读的取材如此之狭，如此之少，而又是填鸭式的，学的人一切被动，只晓得依赖教师，课堂之外无学习，课本之外无教材，这样的学法，国文怎么会进步！

这方法是证明失败了的，今后，我们要澈底改革，另外采取有效的方法。

什么是有效的方法呢？自动！自己用脑，自己动手。

教师指定或共同决定了某一篇文章，我们先来预习。坊间的选本，课文后面都有“题义”“作者”和“注释”。开始预习时，先把本文仔细看一遍，然后根据课本上的注释，作初步的理解。如果书上的注解不够，便另外找参考书。例如作者生平太简略，便查《人名大辞典》；生字生词典故成语之类注释简单或未曾注明的，便可查字典辞典或别的注释本。如果看了注释仍有不明了之处，也要一一查明。字音捉摸不定时，要多翻几种字典，从“音字”“反切”“注音符号”“罗马拼音”等的比较上确定它。一个字有几种意思时，要仔细比较，看哪一个解释在本文中最贴切。知道了作者，明白了字句，接着便可试分段落，探究要旨。以上这些工作，一面要亲自动手，一面也要和同学随时讨论；要翻查得周到，也要笔记得详明；笔记下来的东西，要通体了解，万不可照本抄录含糊过去，存着反正可以请教老师的依赖心理。预习时所碰到的疑难和所获的心得，都一一写下来，以便在教室里提供讨论。

预习之后，便可参加教室里的讨论。这时候的教师，应该像开会时的主席，协助同学造成一个热烈的场面，让大家尽量发言，充分讨论。大家应该根据预习的材料，踊跃发表意见，一面听取别人的话，一面平心静气地比勘自己的与人家的意见，别人有好意见，该详细记录下来；别人有错误，该诚恳地指出。预习时的困惑和疑问，也要一一提出来讨论。在公众场所不惯发言的同学，要自动地争取机会，勇敢地起来说话。爱好发言的同学，除了自己说话之外，还得注意鼓励别的同学参加，切勿滔滔不绝，一个人说话。在讨论的时候，程序的排列，错误的纠正，疏漏的补充，疑难的阐明，困惑的解决，和最后讨论结果的归纳等等，都可以请教师帮忙。讨论的时候，看到自己的理解和讨论的结果正相吻合，便有成功的快感；看到自己的理解和讨论的结果不甚相合，便作较量探究的思索；听到预习时的疑难在讨论，便会集中全副注意力。这种种都足以鼓励、增进阅读的兴趣和阅读的效果。“讨论”是国文教学上最紧张最重要的阶段，要用全副精神去参加。

一篇精读的文章，经过了预习和讨论，你的理解一定更丰富。但是如果即此为止，还是不够。你得作更进一步的“深究”。先再通篇阅读一遍，讲解一遍，还有不清楚的，再弄一个澈底明白。之后，你可以作如下的种种工夫：读了这篇文章，应该知道和这篇文章有直接关系的许多文字。例如读了李陵《答苏武书》，应该参阅苏武给李陵的信，两人的传记，乃至苏武的诗，司马迁《报任少卿书》等等。或者你读了文章，对作者的思想发生了兴趣，想追究他所以产生这思想的根源，和他的思想的全貌，你便可以从史传里，从作者的其他著作里，从一切有关书籍里，研究作者的时代背景，思想体系和以后的影响等等。例如读了孟子《神农之言》章，应该研究孟子和许行为什么会有那么不同的主张，你可以参考《孟子》全书，梁启超《中国学术思想变迁史》，胡适《中国哲学史大纲》，《史记·孟荀列传》和其他书籍，作详尽的探讨。或者你读了一篇文章，想知道这种文体的来源和影响，你可以阅读文学史和其他史传评论。譬如韩愈号称文起八代之衰，他的流畅的议论文，扬弃了六朝的骈文，汲取了秦汉散文的精华，给予了后代文章以重大影响，你可以披阅中国文学史及《韩昌黎全集》以及评论他的文字。或者你读了某一篇文章，你想作一番比较研究，你可以找作者的其他著作，或题材相同的文字，或体裁相同的作品，就内容，布局，遣言措词等等，比较他们的优劣异同。例如读了《张萱四景宫女画记》，可以找元好问的其他文章比较，找黄淳耀《李龙眠画罗汉记》、韩愈《马记》、朱自清《一张小小的横幅》

等比较。对于文章的文法修辞各方面，尤其值得作详尽的研究，譬如你读欧阳修《泷冈阡表》，“其子修始克表于其阡”一句，为什么用“克”而不用“能”？第一句称父为“皇考”，后面为什么又称“先公”？“故其亡也”“然知汝父之能养也”“其何及也”“此汝父之志也”几个“也”字有什么分别？“祭而丰，不如养之薄也”，为什么不写成“祭而丰，不如养而薄也”？或“祭之丰，不如养之薄也”？“回顾乳者，抱汝而立于旁”，有些版本作“剑汝而立于旁”，“抱”与“剑”有何不同？哪个更好？开头的“呜呼”和“呜呼，其心厚于仁者耶”“呜呼，为善无不报”的“呜呼”在情味上有何不同？这些你可以多多比较，分析。对于某些现在仍通行的词儿和句法，可以练习造句或仿作。还有，古人的文章都是不分段落不加标点的，现在所看到的，都是编者代为分段标点的，于是常常发现有不同的分段，不同的标点，甚至不同的断句，（例如张萱《四景宫女画记》：“花下二女，凭槛仰看团花，蓝纱映生衣。”有作“花下二女，凭槛仰看，团花蓝纱映生衣”），你可以细细推敲比较，究竟哪个对哪个不对，或都不对。读了长的文章如王安石《上仁宗皇帝言事书》，可以撮其大要，写成一篇短文；读了短的文章如韩愈的《杂说一》，可以就其原意，充实衍长，写成一篇长文；或是把文言文译成白话文，白话文译成文言文；或将诗词写成散文，传记写成戏剧。这一方面使你对那篇文章更了解，一方面又可作写作的练习。

最后，我们来谈谈文章的诵读与背诵。过去私塾里，都注重读和背，忽略理解；现在的学校反过来，注重了理解，漠视了诵读。我们认为两种方法都不健全。对于一篇文章，了解了它的内容和技巧，不一定就能体会到它的立论精微之处，它的深刻的感情，乃至它的情调风格，你如果抑扬顿挫地诵读几遍，一定可以体会得更多。例如韩愈《祭十二郎文》，当你读到“呜呼！汝病吾不知时，汝殁吾不知日，生不能相养以共居，殁不能抚汝以尽哀，敛不凭其棺，窆不临其穴”几句，想到作者和他侄子从小零丁孤苦，患难相共，那么友爱的两叔侄，生离死别之际，竟不能一面，读起来便自会恻然而悲，情不自已。读到袁枚《祭妹文》，“朔风野大，阿兄归矣，犹屡屡回头望汝也。”设想如果我就是袁枚，在萧瑟的荒野，祭奠着这一个身世凄凉的妹子，自然而然会有哀痛涌起，心里会不自禁地泛起“妹妹，我走了，你好好儿安息吧”的默告。优良的文字，无论文言白话，散文诗歌，都可以读，都可以从诵读里得到许多的欣赏与体味。对于文字的“语感”，也在这时候可以得到。诵读的调子，虽然因文言的不同，颇有差别，却也有客观的规律可循。而主要的，还在你对文章了解得够不够，了解得够，体味得深，读起来自然会合腔合调。诵读的方法，《文心》中的意见很可参考：“声调的差别，不外乎高低强弱缓急三类，……吟诵一篇文字，无非依据了对于文字的了解与体会，错综地使用这三类声调而已。大概文句之中的特别主眼，或是前后的词彼此相关联照应的，发声都得高一点。就一句来说，如意义未完的文句，命令或绝叫的文句，疑问或惊讶的文句，都得前低后高。意义完足的文句，祈求或感激的文句，插入‘何’‘什么’一类疑问词的疑问的文句，都得前高后低。再说强弱，表示悲壮，快活，叱责或慷慨的文句，句的头部宜加强。表示不平，热诚，或确信的文句，句的尾部宜加强。表示庄重，满足，或优美的文句，句的中部宜加强。再说缓急，含有庄重，畏敬，谨慎，沉郁，悲哀，仁慈，疑惑，等等情味的文句，须得缓读。含有快活，确信，愤怒，惊愕，恐怖，怨恨，等等情味的文句，须得急读。”

阅读应该不应该背诵呢？我们的中心主张是：朗诵是正当的方法，背诵得出，那是朗诵到家的收获。不可为求背得出而朗诵，但朗诵到文中的意思，语调会如出于自己胸中一样，那就一定背得出来。这样的背诵不是光靠记忆，靠死记，而是因为把别人的话融化成为自己的话了。

最后，阅读选本有两点容易犯的毛病，我们应该注意并且随时检讨纠正。

第一是读物只靠选本，不知道进而博览广学。从学习国文的眼光来看，随时随地都有材料。前两个月光景，曾见林森路上有一家门前贴了一张广告：

“货色之好，无可再增，利息之薄，无可再减。”

这两句话粗看并没有什么问题，细想一下，似乎还有可以斟酌的地方，如其改成：

“货色不能再好，价格不能再廉。”

是否更妥贴一些？市招可以作国文教材，何往而没有国文教材？万万不可以捧住一本国文教科书，就以为“只此一家”，对于真正更广阔更有用的材料倒反不加注意。选本尽好，只能看成读物的引子，要借这引子，学习研读的工具和方法，培养阅读的习惯，多看多读，这才是条正路。

第二是迷信选本，不知道批判接受。选本中的文字，在编者的目光中，自然都是些范作。因为读者先怀着成见，所以只晓得跟着教师激赏其中好处，不大会研究它们的缺点。事实上，选本有所取不免有所舍，有所见不免有所蔽；就是一篇成名之作，败笔疏漏，也是有所难免。例如黄遵宪《人境庐诗自序》末几句：“《诗》有之，曰：‘虽不能至，心向往之’”，便弄错了出处，考这两句出《史记·孔子世家赞》，曰：“太史公曰：‘《诗》有之：“高山仰止，景行行止”，虽不能至，然心向往之。’”前面的“高山仰止，景行行止”两句，才出在《诗经·小雅·车辖》。读时如果只是一味照单全收，盲从古人，岂非以误传误，大上其当。

（《中学生》，1947 年第 187 期）

读 《史记·叔孙通传》

叶圣陶

叙写人物的文字，根据实际的如传记，出于虚构的如小说，都必然有对话与行动。对话与行动是人物的最显著的表现。从这两种表现上，可以知道人物的思想，情感，脾气，习惯等等，也就是可以知道人物的全部生活——不仅是生活的外表，而且是生活的根底。作者用文字叙写人物，无非要使读者如见其人，不但如见其人，还要使读者接触到其人的内心生活；这就势所必然的要叙写其人的对话与行动。试想想看，如果不叙写对话与行动，对于人物又怎样下笔呢？那只有用一些抽象的语句，说其人的思想怎样怎样，癖好怎样怎样，待人接物怎样怎样了——这些“怎样怎样”可以简单，也可以繁复，简单的是一个形容词，繁复的是接二连三的形容语。一篇叙写人物的文字，没有人物的对话与行动，单由作者运用一些形容词形容语来构成，原不犯什么禁令；并且，那样的文字也并非少见，咱们收到丧事人家分发的“行状”“传略”，往往是那一类。可是，那样叙写的人物是平面的，不是立体的；是死板的，不是生动的；读者读过文字，只能知道有那么一个人，可不能如见其人，更不用说接触到其人的内心生活了。所以，就效果上说，那样的文字是很少效果的。作者期望他的文字收较多的效果，期望笔下的人物成为立体的，生动的，就不能不在人物的对话与行动上多用工夫。

这一回谈叙写人物的文字，在人物的对话与行动两种表现中，劈开行动，单说对话。头一回我曾经说过，“我们的方法是就一篇现成文字，谈谈精读时候应该注意应该讨论的事项。这些事项方面很多，如果要面面俱到，写成的文字一定很长，本志的篇幅不能容纳。为了迁就篇幅，只能每一回谈几个方面。”现在只谈一个方面，不是几个方面，也无非要使篇幅短些的缘故。

采用的现成文字是《史记·刘敬叔孙通列传》中的一段。故事自成起讫，如果给它定个题目，可以题作“叔孙通定朝仪”。

汉二年，汉王从五诸侯入彭城，叔孙通降汉王；汉王败而西，因竟从汉。叔孙通儒服，汉王憎之；乃变其服，服短衣，楚制，汉王喜。叔孙通之降汉，从儒生弟子百余人，然通无所言进，专言诸故群盗壮士进之。弟子皆窃骂曰：“事先生数岁，幸得从降汉，今不能进臣等，专言大猾，何也！”叔孙通闻之，乃谓曰：“汉王方蒙矢石争天下，诸生宁能斗乎？故先言斩将搴旗之士。诸生且待我，我不忘矣。”汉王拜叔孙通为博士，号稷嗣君。

汉五年，已并天下，诸侯共尊汉王为皇帝于定陶，叔孙通就其仪号。高帝悉去秦苛仪，法为简易。群臣饮酒争功，醉或妄呼，拔剑击柱；高帝患之。叔孙通知上益厌之也，说上曰："夫儒者难与进取，可与守成。愿征鲁诸生与臣弟子共起朝仪。"高帝曰："得无难乎？"叔孙通曰："五帝异乐，三王不同礼，礼者，因时世人情为之节文者也。故夏殷周之礼所因损益可知者，谓不相复也。臣愿颇采古礼，与秦仪杂就之。"上曰："可试为之，令易知，度吾所能行为之。"

于是叔孙通使征鲁儒生三十余人。鲁有两生不肯行，曰："公所事者且十主，皆面谀以得亲贵。今天下初定，死者未葬，伤者未起，又欲起礼乐。礼乐所由起，积德百年而后可兴也。吾不忍为公所为。公所为不合古。吾不行。公往矣，无污我！"叔孙通笑曰："若真鄙儒也，不知时变！"遂与所征三十人西，及上左右为学者，与其弟子百余人，为绵蕞野外习之。月余，叔孙通曰："上可试观。"上既观，使行礼，曰："吾能为此。"乃令群臣习隶，会十月。

汉七年，长乐宫成，诸侯群臣皆朝十月。仪：先平明，谒者治礼，引以次入殿门。廷中陈车骑，步卒卫宫，设兵，张旗志。传言趋。殿下郎中侠陛，陛数百人。功臣列侯诸将军军吏以次陈西方，东向。文官丞相以下陈东方，西向。大行设九宾，胪句传。于是皇帝辇出房。百官执职传警，引诸侯王以下至吏六百石，以次奉贺。自诸侯王以下，莫不振恐肃敬。至礼毕，复置法酒。诸侯坐殿上，皆伏抑首，以尊卑次起上寿。觞九行，谒者言罢酒。御史执法，举不如仪者，辄引去。竟朝置酒，无敢谨哗失礼者。于是高帝曰："吾乃今日知为皇帝之贵也！"

乃拜叔孙通为太常，赐金五百斤。叔孙通因进曰："诸弟子儒生随臣久矣，与臣共为仪，愿陛下官之。"高帝悉以为郎。叔孙通出，皆以五百斤金赐诸生。诸生乃皆喜曰："叔孙生诚圣人也，知当世之要务！"

先请读者诸君把全篇中的词语弄明白了。大概使用《辞源》《辞海》一类的辞书，就可以弄明白。然后通体细看，每一句辨明它的意义，每一节认清它的事迹。末了儿才注意到这一回所谈的一个方面——篇中人物的对话。

这一篇的主人公是叔孙通，篇中他的对话最多，共计回答弟子一次，向高帝进言四次，讥笑鲁两生一次。他的弟子们发言两次，一次是怨他，一次是赞他。此外鲁两生拒绝叔孙通一次。高帝与叔孙通对话，并自己表示得意，共计四次。

叔孙通讥笑鲁两生，说他们是"鄙儒"，"不知时变"，他自认该是"通儒"，"知时变"的了；后来弟子感激他，又说他"知当世之要务"。所谓"知时变"与"知当世之要务"，用现在的话说起来，就是懂得迎合潮流，能够见风使舵，不死守着什么宗旨信仰。篇中叔孙通的一些对话，都把他的"知时变"与"知当世之要务"具体的表现出来，使读者感到他就是那么样一个"通儒"，与拘守古制，效法先王的儒者并不一样。

试看他回答弟子的话。"汉王方蒙矢石争天下，诸生宁能斗乎？"用最实际的说法，把弟子们按住，一方面也就见出他能够“知当世之要务”。可又宽慰他们说，“诸生且待我，我不忘矣。”“不忘”什么？当然是不忘引进他们，有朝一日大家弄个官做。这种话只有在师弟之间私谈的时候才好说，当着旁人决不便说。可是，如果是以道术相砥砺的师弟，即使在私谈的时候也不会说这种话，尤其是师的方面。听听那声气，不正与政治上一个小派系的头子回复谋干差使的人说“知道了，看机会吧，总有你的份”一模一样吗？说这种话的时候，叔孙通把儒者的面具卸下来了。

再看他向高帝进言。他说“儒者难与进取，可与守成。”正当高帝“益厌之”的时候，他表示有办法——“守成”的办法，“起朝仪”来安定朝廷的秩序。这又是个“知时变”，又是个“知当世之要务”。他这话与回答弟子的话是一贯的。“难与进取”无异说“宁能斗乎？”而“守成”就是他教弟子们等待的。从这前后一贯的对话，可见叔孙通心目中，儒者的任务无非帮助成功的皇帝想些办法，维持尊严，并没有儒者的宗师孔子那种“行道”的想头。他又说“愿征鲁诸生与臣弟子共起朝仪”，把“鲁诸生”提在前头，因为鲁是知礼之邦；同时带出弟子们，见得他的确“不忘”，一直把弟子们的愿望放在心上，可是一点不落痕迹。待高帝恐怕礼仪麻烦，他就回说“臣愿颇采古礼，与秦仪杂就之”。这句话里的“古礼”与“秦仪”都只是陪衬，主要的是“杂就之”，把马虎牵就的心情透切的表出。儒者对于礼仪是看得非常郑重的，叔孙通却这样马虎牵就，他是何等样的儒者也就可想而知了。上面两句话是他不妨“杂就之”的论据。前一句中引用了《礼记·坊记》“礼者因人之情而为之节文”的话。后一句简缩了《论语》中孔子的话：“殷因于夏礼，所损益可知也；周因于殷礼，所损益可知也；其或继周者，虽百世可知也。”有了论据，见得“杂就之”就是“因”，就是“损益”，不违背儒者的传统。并且，三句不离本行，儒书的语句脱口而出，正见儒者的本色。叔孙通虽然不是正宗的儒者，在口头充充儒者的派头当然是擅长的。

最后看他把弟子们荐给高帝，也把儒者的面具卸了下来，老实不客气说，“我手下有许多弟子，他们有功劳，他们要官做。”要知道那时候“守成”的办法已经见效，高帝得意得不可开交；叔孙通自己被拜为太常，得了五百斤的赐金；他与高帝的关系已经达到非常亲密的地步了。既然如此，落得开门见山，老实不客气说出来。在这么样的场合里，高帝还会吝惜几个“郎”的位置不给吗？这又见得叔孙通能够抓住时机，又是个“知时变”。

现在看弟子们的话。在抱怨的一次里，他们说“事先生数岁，幸得从降汉”，把他们的希冀利禄的心情完全托出。他们师弟一伙儿原来是任何诸侯都可以投的，现在居然投在较有成功希望的一方面，这就是所谓“幸”。在这儿弄个一官半职，饭碗可以长久，而且有升擢的指望，这又是将来的“幸”。一班弟子所为何来，在一个“幸”字上表达得透切明显极了。在赞扬的一次里，他们说“叔孙生诚圣人也，知当世之要务！”可见他们由于平时的习染（如听叔孙通批评鲁两生“不知时变”）以及实际的经验（如乘机起朝仪果然成功，只要说一句话果然大家当了“郎”），相信他们的老师确然能“知当世之要务”，是个顶了不起的人；用他们儒者习惯的说法，顶了不起的人就称他为“圣人”。可是，照正宗的儒者的见解，“圣人”的含义要广大高深得多，决不仅是“知当世之要务”。他们那样说，显见他们并非正宗的儒者。他们得了一官半职，就极口称扬老师，连“圣人”也说了出来，这正传出了他们热中的满足的感激的心情。

叔孙通的弟子是何等样人物，就在前后两次发言中见出。叙写弟子无非作叔孙通的陪衬，弟子如此，老师可想而知了。

鲁两生正与叔孙通对照，叙写他们的话，作用在作叔孙通的反衬。鲁两生瞧不起叔孙通，说他“所事者且十主，皆面谀以得亲贵”。他们特别看重礼乐，讲“积德”，讲“合古”。这些观念代表了正宗的儒者。在正宗的儒者看来，叔孙通的立身处事没有一丝儿对的。他们不仅拘谨的守着儒者的传统，也关注到当前的现实。他们说，“今天下初定，死者未葬，伤者未起，又欲起礼乐。”这显然说叔孙通不在安定社会一方面用工夫，却想迎合高帝，粉饰太平。安定社会，积德累仁，正是儒者精要的主张，所期望于统治阶级的切要措施。他们虽然被叔孙通骂为“鄙儒”，究竟谁是“鄙儒”，细读全篇自然有数。

现在只剩高帝的对话了。高帝的对话都很简短，可是句句传神。“得无难乎？”表出他的流氓习性。他平日厌恶儒者，箕踞骂人，现在听叔孙通说要他搞一套儒者的花样，他就爽直的问这么一句，无异说“只怕老子弄不来吧？”待他听了叔孙通准备马虎牵就的话，就说“可试为之，令易知，度吾所能行为之”。他对于叔孙通说的“五帝”啊，“三王”啊，“节文”啊，“夏殷周”啊，也许是不大入耳。你既然说“杂就之”，看你巴结，就让你试一试吧。总之要我弄得来才行，你得替我打算。这仍然是流氓头子口气。后来参观过试礼，他说“吾能为此”。这是他心动了，发生兴味了。他见那么一个大排场，自己将在其中做个供奉的中心，人家振恐，自己尊严，人家劳顿，自己安逸，那有什么弄不来的？最后真的行过了礼，他得意万分，自然流露，毫不掩饰，说了一句“吾乃今日知为皇帝之贵也!”假仁假义的皇帝决不肯说这句话，惟有流氓出身的皇帝才说这句话。他不怕人家说他寒伧，当了几年的皇帝到今朝才尝着皇帝的味道；他只知道今朝我尝着了，我得意，我就吐露我的得意。叔孙通的一套礼仪能够使高帝这样得意，说出这样的话，并且升他的官，给他厚重的赐金，又衬托出鲁两生“面谀以得亲贵”的话并非肆口谩骂，是确然看透了叔孙通的骨子。

传记是根据实际的；单就对话而论，必须传记中的人物说过那些话，作者才可以叙写那些话。这当儿，作者的工夫在于选择，就是选择那些与本篇题旨有关的对话，选择那些足以表现人物内心生活的对话，叙写入文字里头；以外的就一概不要。譬如在叔孙通定朝仪那件事情里，叔孙通自己，他的弟子们，汉高帝，以至鲁两生，难道只有叙写入文字里，如咱们现在读到的那几句对话吗？就情理说，是决不止的。可是司马迁只把那几句对话叙写入文字，那是他选择的结果。他的选择果然收了效果；咱们读那几句对话，从而感知了那几个人的为人。

至于出于虚构的小说，其中的对话与整个故事一样，全凭作者创造。创造的标的无非要表现人物的思想，情感，脾气，习惯等等，无非要使全篇的题旨显示得又具体又生动。如果随便写些不要不紧，可有可无的对话，那就不是小说的能手，那小说决不是好小说。

（《中学生》，1947 年第 188 期，原署名圣陶）

讲　解

叶圣陶

国文课里读到文言，就得作一番讲解的工夫。或者由同学试讲，由教师和其他同学给他订正（讲得全对，当然无需订正）；或者径由教师讲解，同学们只须坐在那儿听。两种方法比较起来，自然前一种来得好。因为让同学们试讲和订正，同学们先做一番揣摩的工夫，可以增进阅读的能力。坐在那儿听固然很省事，不大费什么心思，可是平时自己阅读没有教师在旁边，就不免要感到无可依傍了。

不妨想一想，为什么要讲解？回答是：因为文言与咱们的口语不一样。

像有一派心理学者所说，思想的根据是语言，脱离语言就无从思想。就咱们的经验来考察，这种说法大概是不错的。咱们坐在那儿闷声不响，心里在想心思，转念头，的确是在说一串不出声的语言——朦胧的思想是不清不楚的语言，清澈的思想是有条有理的语言。咱们心里也有不思不想的时候，那就是心里不说话的时候。思想所根据的语言当然是从小学会的最熟悉的口语。现在咱们想心思，转念头，都是在说一串不出声的口语。这也是作文该写口语的一个理由。心里怎样想就怎样写出来，当然最为亲切，不但达意，而且传神传情。

依此推想，古来人思想所根据的是他们当时的口语，写下来就是现在咱们所谓文言。咱们说古来人，包括不同时代的人。时代不同，语言也有差异。所以文言这个名词实在包含着多种的语言。还有须知道的，古来人虽然根据他们当时的口语来思想，待写下来的时候，为了书写的方便，却把他们的口语简缩了，这是很寻常的事情；因而文言与他们的口语多少有些出入。还有，后一时代的人也可以学习前一时代的语言，用前一时代的语言来写文字，或者参用一些前一时代的语言（其实就是根据前一时代的语言来思想），而且不限于前一时代，尽可以伸展到以前若干时代；因而某一时代的文言大都不纯粹是某一时代的语言，往往是若干时代的语言的混合体。还有，文言中间也有并非任何时代的口语，却用一种人工的语言来写的，例如骈体文。骈体文各句的字数那么整齐，通体全是对偶，又要顾到声音的平仄：哪一时代的人口头曾经说过那样的话？的确，没有一个时代的人口头曾经说过那样的话，那是一种人工的语言。用骈体文来写作的人，他平时的思想当然也根据他当时的口语，但是他要作骈体文的时候，就得把他的思想加一道转化的工夫，转化为根据那种人工的语言来思想，这才写得成他的骈体文；或者他对于那种人工的语言非常熟习了，像对于他当时的口语一样，因而也不需要什么转化的工夫，他要写骈体文就可以自然而然的根据那种人工的语言来思想。（这种经验咱们也有的。咱们写现代文，自然是根据咱们的口语来思想。但是咱们也可以写文言；在初学的时候，是加一道转化的工夫，转化为根据文言来思想；到了熟习的时候，要写文言就径自根据文言来思想了。岂但本国文字，咱们还可以写外国文呢；在初学的时候，是加一道转化的工夫，转化为根据外国语来思想；到了熟习的时候，要写外国文就径自根据外国语来思想了。）

写作的方面且不多说，这一回单说理解的方面——理解文言的方面。咱们是根据现代的语言来思想的，而文言是根据以前的若干时代的混合语言来思想的，（咱们的语言里当然也混合着以前若干时代的语言；但是以前语言里的若干部分，咱们的语言里不用了，这是减；以前语言里所没有的部分，咱们的语言里却产生出来了，这是加；一减一加，这就成为与以前语言不一样的现代语言。）这其间就有了距离。咱们要彻底的理解文言，须做到与那些文言的作者一样，能够根据文言来思想。凡是能够通畅的阅读文言的人都已达到了这个境界。他们在阅读文言的时候，抛开了从小学会的最熟习的口语，仿佛那文言就是他们从小学会的最熟习的语言，他们根据这个来领受作者所表达的一切。但是，初学文言的人就办不到这一层。他们还没有习惯根据文言来思想，对着根据文言来思想的文言，只觉得到处都是别扭似的。消除那些别扭须做一道转化的工夫。根据咱们的口语是怎么说的，根据文言就该怎么说，要一点一滴的问个清楚，搞个明白；反过来，自然也知道根据文言是怎么说的，根据咱们的口语就该怎么说。这就是转化的工夫。转化的工夫做到了家，口语与文言的距离消失了，遇见文言就可以根据文言来思想来理解，与平时根据口语来思想一样。其实这时候已经多熟习了一种语言了（文言），正同熟习了一种外国语相仿。

那转化的工夫就是讲解。讲解其实就是翻译。不过就习惯说，翻译是指把外国语文化为本国语文，与讲解不一样。但是，现在学校里测验学生文言阅读的程度，往往选一段文言，让学生“翻译为口语”。这个“翻译”显然就是“讲解”。

作外国语文的翻译，须能够根据外国语来思想，理解他表达的是什么，然后在本国语言里挑选最切当的语言把他表达出。无所谓“直译”与“意译”，翻译的正当途径就只有这么一条。文言的讲解也是如此。

这一回只说些抽象的话。下一回再举些具体的例子，继续谈文言的讲解。

（《**中学生**》，1947 **年第** 193 **期，原署名圣陶**）

再谈讲解

叶圣陶

上一回（第一九三期）谈讲解，说了些抽象的话。这一回举些具体的例子，继续谈文言的讲解。

一个字往往有几个意义。在从前，几个意义都有人用。到后来，某一个或某几个意义少人用了，咱们姑且叫它做“僻义”。如果凭着常义去理解僻义，那必然发生误会。譬如《诗·豳风·七月》中有“八月剥枣”的话，咱们现在常说“剥花生”“剥瓜子”，好似正与“剥枣”同例。不知道这个“剥”字并不同于“剥花生”“剥瓜子”的“剥”，这个“剥”字乃是“攴”的假借字，“攴枣”是把枣树上结着的枣子打下来。又如《诗·小雅·渐渐之石》中有“月离于毕”的话，照咱们说起来，“离”是离开，“月离于毕”是月亮离开了毕宿（星宿）。不知道这个“离”字并不是离开，它的意义正与离开相反，是靠近，“月离于毕”是月亮行近了毕宿。屈原的重要作品叫《离骚》，司马迁的《屈原传》中解释道，“离骚者，犹离忧也。”这两个“离”字都不是离开，是遭遇，遭遇与靠近是可以相贯的。

文言中常不免有些僻义的字。倒不一定由于作者故意炫奇，要读者迷胡，大都还是他们熟习了那些僻义，思想中想到了那些字，就用出来了。咱们遇到那些字，若照常义去理解，结果是不理解。欲求理解，就得自己发现那些僻义，或者查字典，或者多找些例句加以归纳，再不然就去请教人家。如果自己研究既怕麻烦，请教人家又嫌噜苏，不理解的亏还是自己吃的。

文言中有些词语与现在说法不同。如“犊”字，咱们说“小牛”，“与某某书”的“书”字，咱们说“信”或“书信”。这只要随时随字留意，明白某字现在该怎么说，从而熟习那些字，直到不用想现在该怎么说，看下去自然了悟。又如从前人文中常用“髫龀”，或作“髫龀”，寻求字义，“髫”是小儿垂发，“龀”是小儿毁齿，“髫龀”是单说小儿毁齿。可是咱们遇见“髫龀之年”四个字，如果死讲作“垂头发毁牙齿的年纪”，这就别扭了。咱们思想中从来没有这么个想法，口头边也从来没有这么个说法。咱们应该知道这四个字只是说幼年时候，大约七八岁光景。从前人说“髫龀之年”，正同咱们说“七八岁光景”一样。“髫”字“龀”字什么意义，固然要问个明白，可是对于“髫龀之年”还得作整个的理解，不必垂头发啊毁牙齿啊什么的。

又如“倚闾之情”，如果死讲作“倚靠在里门上的心情”，简直不成话。“愿共赏析”讲作“愿意跟你一同欣赏分析”，“颇费推敲”讲作“着实要花一番考虑“，话是成一句话，可是不够透澈。原来“倚闾”“赏析”“推敲”都是有来历的。“倚闾”出于王孙贾的母亲口里，她说儿子不回家，她就“倚闾而望”（《战国策·齐策》）。“赏析”是简约陶渊明的两句诗组成的，那两句诗是“奇文共欣赏，疑义相与析”（《移居》）。“推敲”是韩愈和贾岛的故事，他们两个共同考虑一句诗中的一个字，用“推”好还是“敲”好。下笔的人知道这些来历，他们写“倚闾之情”，先记起王孙贾的母亲的话，就用这四个字来表达“望儿心切”的意思。他们写“愿共赏析”，先记起陶渊明那两句诗，所以“赏析”两个字中特别含着欣赏文章解析文章的意思。他们写“颇费推敲”，先记起韩愈和贾岛的故事，所以用“推敲”两个字虽不一定说作诗，可特别含着认真考虑反覆考虑的意思。咱们遇见这些语句，当然也得知道“倚闾”“赏析”“推敲”的来历，才可以不发生误会，理解得透澈。这样的语句，文言中非常之多。“不求甚解”，固然也可以对付过去。可是，如果要不发生误会，理解得透澈，就必须探求来历。最简捷的办法是勤查辞书。

文言中的单音词，咱们现在多数说成复音词。咱们看起来，单音词含混，复音词明确。在理解文言的当儿，得弄清楚文中的这个单音词等于现在的哪个复音词，待习惯成自然，就能够凭单音词理解，不至于含混。譬如一个“神”字，“祭神如神在”的“神”，咱们现在说“神道”，“神品”的“神”，咱们现在说“神妙”，“神与古会”的“神”，咱们现在说“精神”，“了不惊愕，其神自若”的“神”，咱们现在说“神气”。初学的时候必须逐个逐个对译，以求理解的明确，而同时，目的在养成习惯，达到单看上下文就知道是哪个“神”字的境界。

文言语句中各部分的次序，有的和现在的口语一致，有的不一样。所谓一致的，就是文言怎样排列，现在的口语也怎样排列。譬如“喜食草实”是文言句，咱们现在说起来就是“喜欢吃草的种子”，排列的次序彼此相同，不过把“喜”说成“喜欢”，“食”说成“吃”，“草实”说成“草的种子”罢了。在这一类古今次序相同的语句里，有一点可以注意的，就是文言常有略去的部分，须由读者意会，按现在的说法说起来，那略去的部分往往须说出。譬如《礼记·檀弓·苛政猛于虎》那一节中，那妇人说明了公公，丈夫，儿子都被虎害了，孔子就问她“何为不去也?”妇人回答说“无苛政”。这在咱们说起来，就得说“这儿没有苛酷的政治。”《檀弓》的原文可没有相当于“这儿”的词语，须意会才能辨出。

所谓不一致的，就是语法的不一致，文言的语法是这样，现在口语的语法却另是一样。这须得两两比较，求得贴切的讲解，最后目的还在习惯那些文言的语法。譬如文言“糊以漆纸”也可以作“以漆纸糊之”，“覆之以布”也可以作“以布覆之”，现在口语却只说“用漆纸糊上”“用布盖着”（次序与“以漆纸糊之”“以布覆之”相同），若照“糊以漆纸”“覆之以布”的次序说作“糊上用漆纸”“盖着用布”，就不成话。又如文言“子何好?”“子何能?”现在口语说作“您喜欢什么?”“您会干什么?”“何好”与“喜欢什么”，“何能”与“会干什么”，次序刚好颠倒。文言“我不之惧，”“我未之信，”现在口语说作“我不怕他，”“我没有相信这个，”“之惧”与“怕他”，“之信”与“相信这个”，次序也刚好颠倒。这些都属于语法研究的范围。研究了语法就知道通则，无论文言或现在的口语，怎么说才合于约定俗成的通则，怎么说就违背了通则。熟习了种种通则，听人家的话，读人家的文字，自然不至于错解误会。自己发表些什么，或者用口，或者用笔，也可以正确精当，没有毛病。

关于讲解，可以说的还多。现在因为赶紧要付排，姑且在此截止，以后有机会再谈。

（《中学生》，1948 年第 195 期，原署名圣陶）

题目与内容

夏丏尊　叶圣陶

星期六的第一班是国文课的作文。许多同学来到这学校里，这还是第一次作文；大家怀着“试一试”的好奇心，豫备着纸笔，等候王仰之先生出题目。

天气非常好。阳光从窗外的柳条间射进来，在沿窗的桌子上、地板上、同学的肩背上印着繁碎的光影。王先生新修面颊，穿着一件洗濯得很干净的旧绸长衫，斜受着外光站在讲台上；谁望着他就更亲切地感到新秋的爽气。

“诸君且放下手里的笔，”王先生开头说。“这是第一次作文。关于作文，我要和你们谈几句话，现在我问：在怎样的情形之下，我们才提起笔来作文呢?”

“要和别地的亲友通消息，我们就写信，写信便是作文，”一个学生回答。

“有一种意见，要让大众知晓，我们就把它写成文字；这比一个一个去告诉他们便当得多。”

“经历了一件事情，看到了一些东西，要把它记录起来，我们就动手作文。”

“有时我们心里欢喜，有时我们心里愁苦，就想提起笔来写几句；写了之后，欢喜好像更欢喜了，愁苦却似乎减淡了。有一回，我看见亲手种的蔷薇开了花，高兴得很，就写一篇《新开的蔷薇》；再到院子里去看花，觉得格外有味。又有一回，我的姊姊害了病，看她翻来覆去不舒服，我很难过，就写一篇《姊姊病了》；写完之后，心里仿佛觉得松爽了一点。”

王先生望着最后说话的一个学生的脸，眼角里露出欣慰的光，他点头说：“你们说的都不错。在这些情形之下，我们就得提起笔来作文。这样看来，作文是无所为的玩意儿吗？”

“不是，”全级学生差不多齐声回答。

“是无中生有的文字把戏吗？”

“也不是。”

“那么是什么？”王先生把声音提高一点，眼光摄住每一个学生的注意力。

“是生活中间的一个项目，”朱志青的口齿很清朗，引得许多同学都对他看。

王先生恐怕有一些学生不很明白朱志青的话，给他解释道：“他说作文同吃饭、说话、做工一样，是生活中间缺少不来的事情。生活中间包含许多项目，作文也是一个。”

乐华等王先生说罢，就吐露他的留住在唇边的答语道：“作文是应付实际需要的一件事情，犹如读书、学算一样。”

王先生满意地说：“志青和乐华都认识得很确当。诸君作文，须永远记着他们的话。作文是生活，而不是生活的点缀。”

停顿了一会儿，王先生继续说：“那么，在并没有实际需要的时候，教大家提起笔来作文，像今天这样，课程表上规定着作文，不是很不自然的可笑事情吗？”

“这就叫做练习呀，”大文用提醒的声口说。

“不错。要教诸君练习，只好规定一个日期，按期作文。这是不得已的办法。并不是作文这件事情必须出于被动，而且必须在规定的日期干的。到某一个时期，诸君的习惯已经养成，大家把作文这件事情混和入自己的生活里面，有实际需要的时候能够自由应付：这个不得已的办法就达到了它的目标了。”

王先生说到这里，回转身去，拿起粉笔来在黑板上写字。许多学生以为这是出题目了，都耸起身子来看。不料他只写了“内容”两个字，便把粉笔放下，又对大家谈话了。

“我们把所要写的东西叫做‘内容’，把标举全篇的名称叫做‘题目’，依自然的顺序，一定先有内容，后有题目。例如，看见了新开的蔷薇，心里有好多欢喜的情意要写出来，才想起《新开的蔷薇》这个题目；看见了姊姊害病，心里有好多愁苦要想发泄，才想起《姊姊病了》这个题目。但是，在练习作文的当儿，却先有题目。诸君看到了题目，然后去搜集内容。这岂非又是颠倒的事情吗？”

全堂学生都不响，只从似乎微微点头的状态中，表示出“不错，的确是颠倒的事情”的回答。

“颠倒诚然颠倒，”王先生接下去说，“只要练习的人能够明白，也就没害处。练习的人应该知道作文不是遇见了题目，随便花言巧语写几句，就算对付过去了的事情。更应该知道在实际应用上，一篇文字的题目往往是完篇之后才取定的；题目的大部分的作用在便于称说，并没什么了不起的关系。这些见解很关重要。懂得这些，作文才是生活中间的一个项目；不懂得这些，作文终于是玩意儿、文字把戏罢了。从前有人闲得没事做，取一个题目叫做《太阳晒屁股赋》……”

全堂学生笑起来了。

王先生带着笑继续说：“他居然七搭八缠地写成了一篇，摇头摆脑念起来，声调也很铿锵。这种人简直不懂得作文是怎么一回事，只当它是无谓的游戏。其实，这样地作文，还是不会作的好；因为如果习惯了，对于别的事情也这样‘游戏’起来，这个人就没有办法了！然而，从来教人练习作文，用的就是类乎游戏的方法，诸君恐怕不大知道吧？刚才看了几页历史，就教他作《秦始皇论》、《汉高祖论》，还没有明白一乡一村的社会组织，却教他作《救国的方针》、《富强的根源》：这不但二三十年前，就是现在，好些中学校里还是很通行呢。这些题目，看来好像极正当，可是出给不想作、没有能力作的学生作，就同教他作《太阳晒屁股赋》一样，而且对于他的害处也一样。”

又是一阵轻轻的笑声，笑声中透露出理解的欣快。

“所以，我不预备出这一类的题目给诸君作。本来，出题目可以分做两派。刚才提起的是一派。这是不管练习的人的，要你说甚么你就得说甚么，例如要你论秦始皇你就得论秦始皇；要你怎么说你就得怎么说，例如要你说‘我国之所以贫弱全在雅片[①]’你就得说‘我国之所以贫弱全在雅片’。另外一派就不然。先揣度练习的人对于甚么是有话说的、说得来的，才把甚么作为题目出给你作。而且这所谓甚么只是一个范围，宽广得很，你划出无论那一角来说都可以。这样，虽然先有题后作文，实则同应付实际需要作了文，末了加上一个题目的差不多；出题目不过引起你的意趣罢了，所写的内容还是你自己原来就有的。我的出题目就属于这一派。”

王先生说到这里，才在黑板上写出两个题目：

新秋景色

写给母校教师的信

许多学生好像遇见了和蔼的客人，一齐露着笑脸端相这十几个完全了解的字。有小半就拿起笔来抄录。还有几个随口问道：“是不是作两篇？”

王先生一壁掸去衣袖上的粉笔灰，一壁回答道：“不必作两篇，两个题目中拣作一个好了。如果有兴致两个都作，那当然也可以的。——你们且慢抄题目，我还有几句话。对于这两个题目，我揣度诸君是有话说的、说得来的。我们经过了一个炎热的夏季，这十几天来天气逐渐凉快，时令已交初秋，我想大家该有从外界得来的一种感觉，从而

① 雅片，今作“鸦片”。

想到‘这是初秋了’。请想想看，有没有这种感觉?”

“有的，”一个胖胖的学生说，“我家里种着牵牛花，爬得满墙，白色的、紫色的、粉红色的都有。前一些时，朝晨才开的花经太阳光一照就倒下头来了。叶子也软垂垂地没有力气。有一天上午，已经十点钟光景了，我瞥见墙上的牵牛花一朵朵向上张着口，开得好好地。从这上边，我就想到前几天落过几阵雨，我就想到天气转凉了，我就想到‘这是初秋了’。”

“你如果作《新秋景色》这一个题目，你将说些什么呢?”王先生问，声音中间传达出衷心的喜悦。

“我就说牵牛花，”那胖胖的学生不假思索地回答，“牵牛花经得起太阳光照了，这是新秋的景色。”

王先生指着那胖胖的学生对一般学生说：“这是他的文字的内容。这个内容不是他自己原来就有的吗？你们感觉新秋的到来当然未必由于牵牛花，但一定有各自的感觉；也就是说，各自的文字各自有原来就有的内容。大家拿出来就是了，这是最便利的事情，也是最正当的事情。”

大部分的学生一时沉入于凝想的状态；他们要从他们的储蓄库中检出一些来，写入他们的文字。有好几个分明是立刻检到了，眉目间浮现着得意的神色。

“再来说第二个题目。诸君在小学校里有六年之久，对于小学校里的教师，疏远一点的伯叔还没有这般亲爱。现在诸君离开他们，来到这里，一定时时刻刻想念着他们，有许多的话要告诉他们。不是吗?”

全堂的同学有大半是像乐华大文一样，以前并不在 H

市的小学校读书的，经王先生这么一提，被他钩起了心事，就觉得非立刻写一封信寄去不可；他们用天真的怀恋的眼光望着王先生，仿佛说“是的，正深切地想念着他们呢”！

一个学生却自言自语道：“明天星期日，我定要去看看我的屠先生了。这几天下午总想去，只因在运动场上玩得晚了，一直没有去成。”

“你的屠先生就在本市，”王先生说，“所以明天你可以去看他。他们的先生不在这里，而要同先生通达情意，除了写信还有甚么办法？现在我要问从别地来的诸君：写一封信寄给你们的先生，是不是你们此刻的实际需要？”

“是的，”大半学生同声回答。

“信的内容是不是你们原来就有的？换一句说，是不是原来就有许多的话想要告诉你们的先生？”

“是的。”

“那么，我的题目出得并不错。题目虽然由我出，你们作文却还是应付真实的生活。”

王先生挺一挺胸，环视全堂一周，又说：“诸君拣定了题目，就在日修的时候动笔。下星期一交给我。作成了最好自己仔细看过，有一句话、一个字觉得不妥当就得改，改到无可再改才罢手。这个习惯必须养成；做不论甚么事情能够这样认真，成功是很有把握的。”

下了课的时候，乐华和大文并着肩在运动场上散步。乐华问道：“你打算作那一个题目？”

大文说：“王先生说两个都作也可以，我就打算两个都作。”

乐华忽然想起了一个念头，拉着大文的手说："我们作了《新秋景色》交给王先生看；信呢，我同你两个合起来写，写给李先生；写好了先请我的父亲看过，然后发出。李先生看见我们写的信像个样儿，比以前作文有进步，一定很欢喜的。"

大文听了，跳动着身体说："这很好。你我把要对李先生说的话都说出来，共同讨论；去掉那些不关紧要的，合并那些合得起来的，前后次序也要排得好好。只是，謄上信笺去是不是各写一半呢?"

乐华对于大文这带着稚气的问话发笑了。他说，"这当然只须一个人写好了。你的字比我好，你写吧。"

运动场的那一角忽然发出热烈的呼声，原来有六个学生在那里赛跑，十二只脚尖点着地重又腾起。

"快呀！快呀!"大文回头望见了，便情不自禁地喊起来。

（《中学生》，1933 年第 32 期）

谈幼稚

李广田

首先，我要告诉你：真正的幼稚并不坏，当然也并不可笑。

我有一个小女孩，今年六岁了，她当然是幼稚的。没有小朋友，寂寞得难耐，她常常站在庭院中对檐上的小鸟招呼：

小鸟，小鸟，
你下来跟我玩吧，
你下来跟我玩吧，
我有小米给你吃，
我有清水给你喝，
我不打你，我爱你。

有时候自己玩得高兴，忽然碰在桌角上，把头碰痛了，哭起来，妈妈看见，就装出生气的样子，骂道："桌子，坏东西，好好地为什么碰宝宝？打打打，非打死你这坏桌子不行！”一面说着就动手打桌子，孩子不但不再哭，而且笑起来，她跑到我书房里拿了手杖来，原来是要帮妈妈打桌子。有时玩得不耐烦了，她就对她的布妹妹生气，生一阵气，却又悄悄地和布妹妹讲起故事来了。有一次，她忽然问我：“大海是什么人掘成的?”我回答她不是什么人掘成的，她却又问：“那么为什么会有大海呢?”这问题却叫我一时回答不出来了。这些事当然都很幼稚，你也许觉得好笑吧，可是我们从来不笑她，只是觉得这幼稚天真可爱。我近来忽然想起在云南时所记的民谣，在一堆乱糟糟的记录中忽然发现这样的两句：

太阳尽向西方落，
不知落了几大堆。

这真是好笑极了，傻里傻气，莫明其妙，然而天真自然，富于想像，也是非常可喜的。其实，最好的文艺作品也正是这样，或者说也正与此相近。

总之，真正的幼稚不是病，也并无可怕，在一个刚刚开始写作的人尤其不必担心自己的幼稚。可怕的是不该幼稚的时候还是幼稚，或应当幼稚的时候反而并不幼稚。前者如大人之装小孩，后者则如小孩之装老大。从前人学作文章，或作古文，或作八股，动不动就是人生在世，必须如何如何，开口曰忠孝，闭口曰仁义，这看起来多么正大，多么老成，这或者可以说不幼稚了吧，其实这正是一种可怕的“幼稚”，这不但可怕，可且可厌，因为这样的作文正如同说谎是一样的，不然，也许和说谎不尽相同，因为说谎的人是自己明明不信而故意说假话，骗人去信他，至于这样的作文则是自己根本不懂，自己既无思想，又无感觉，不过被迫学舌而已，这远不如小孩子哭着闹着地要糖吃为可爱，因为小孩子真知道糖的滋味，他的需要使他哭哭闹闹地提出要求，这是自然的，真实的，就如我们因为有某种理想或希望而非用文字表现出来不可是一样的。

所以，我劝你最好不要想到什么幼稚不幼稚，只要真切地把你所想所感者写出来就行了，所谓“修辞立其诚”，也就是说真话要说得好的意思。就像小孩子那样，不怕别人笑，更没有疑惑自己所见所知者是否真实。所不同者，是小孩子的言行往往是直觉的，无意识的，小孩子说话也不大想到恰当不恰当，至如作文，则不能不加修饰，但修饰的意义是加强真实的力量，假如因修饰不当反而有损于真实，那就弄巧成拙，欲美反丑，一般人所说的“幼稚可怕”，也往往是指这种情形而言，所以修饰的极限还是立诚。其次，我想顺便和你谈谈想像的问题。写文章当然需要想像，但一般人以为想像就是凭空想却是错误的。假如我现在对你说：想像生于诚，生于真实，你也许觉得很奇怪吧。不必奇怪，事实正是如此。一个人应当永久保持自己的天真。一个天真无邪的人，就是一个真诚的人。只有这样，他才可以有很好的想像，他才可以发扬他自己的想像。以知识作基数，以大人的想像和小孩的想像相比，大人恐怕不如小孩，因为小孩是幼稚的，是诚实的。孟子说：“大人者不失其赤子之心者也。”而另一个哲人却说，“诗人者不失其赤子之心者也。”这话实在很有意思。而那些一开始就学着说谎话，惟恐自己幼稚而所作者不过是古文八股之类，才真是毫无想像可言。美丽远大的想像生于真诚，浮词滥调生于说糊话，生于不知所云。心中无理强说理，虽曰“强词夺理”，然而强词又岂真能夺理，没有悲哀的假哭，与并无喜悦的假笑，都是一样令人痛恶的东西。

而且，凡是幼稚的，都是新鲜柔嫩的，都是美好的，也都是富有希望的。这也正如草木之萌芽，虽然是小小的萌芽，它岂不含了一个有把握的未来世界，它岂不包含了无限葱茏，包含了一些蓊郁的枝叶，或一树繁花与累累的果实？问题只有一个，就是：你应当如何培养你的幼稚，叫它自然生长，而绝不去斲伤它，叫它虚伪的扩张。

以上这些话，都是特别对你个人说的，若别人看了也可能笑我幼稚，然而我只是对你说些实话罢了。但愿你喜欢我这些话，不再怕幼稚，而且把你的习作给我看看，我看过之后也一定会老老实实告诉你些意见的。

（《**中学生**》，1947 **年第** 189 **期**）

文章的趣味

周振甫

文章是写来给人看的，虽然像司马迁那样要把自己的作品藏在名山里，但目的还是在留给后人看。所以看的人越多，越感到兴趣，写作的人应该越高兴，越见得能够达到写作文章的目的，收到预期的效果。可是有的人偏偏不这样想，偏偏不愿意写人家喜欢看的文章，说写那种文章，能够得到人家一点点喜欢的，自己便感到一点点惭愧，能够得到人家非常喜欢的，自己便感到非常惭愧，所谓“小惭小好，大惭大好”。照这种说法，似乎文章不必讲趣味，不必去迎合人家的口味，不必需要广大的读者了。那么咱们对于文章的趣味，究竟应该抱怎样的态度呢？

先要问“小惭小好，大惭大好”的原因是什么。那是韩愈所说的话。他所以这么说，完全由于瞧不起当时风行的文体。那是一种承袭六朝时代讲对偶辞藻，看重形式，忽略内容的文体，所以写这种文体使他感到惭愧了。可是这种文体也曾风行了很多时候，它的铿锵的音节，漂亮的辞藻，也曾获得多数人的爱好，可见得能够使人爱好的文章，不一定是顶好的文章。能够使人爱好的文章，就是一般认为富有趣味的文章，虽然不一定好，不一定值得学，但也不一定不好，不一定不应该学。那么咱们辨别文章的好坏，一定要在趣味之外再看出一点道理，做咱们去取的标准。换句话说，文章既是给人看的，自然要写得有趣味，问题在咱们该选择怎样的趣味。

刚会看小说的大孩子，对于飞仙剑侠一类的书可以看得入迷，看得丢了教本离了家庭偷偷地出去求仙访道，可是你倘把有意义有价值的小说给他看，他也许会看不下去。就这样的大孩子说，飞仙剑侠一类小说对他更感到兴趣。可是就一位有相当素养的人说，他会从有价值的小说里获得很多的启示，感到深切的爱好。可见得趣味是有等级的，咱们所需要的是高级的趣味，不是低级的趣味。怎样分别趣味的高低呢？大抵只能满足人们官能的享受，不能激发高尚的情操的，都是低级的趣味，反过来便是高级。认清了这点，那么咱们所需要的趣味，是应该限于能够激发高尚情操的趣味，不是满足官能享受的趣味。所以从前人讲文章，有所谓文格高卑的差别，也就是趣味高级低级的意思。对于低级趣味的作品既容易辨别，又不是咱们所要讨论的，自然可以不谈。倘就其他的文章说，有时文章的本身原是一篇激发高尚情操的作品，可是由于作者运用了不合适的词句，便减低或者破坏了对读者的预期的效果，这种文章，从前人也说它文格不高。

试看初中教本里常常采用做教材的陆次云的《费宫人传》，就这篇文章的本身说，原是叙述一位壮烈殉国的宫女，它的趣味该是高级的。可是为了作者用了不合适的词句，未免破坏了高级的趣味。像“宫人见上忧寇氛昌炽，未尝不抱杞人忧也。”原是说费宫人看到皇帝担忧时未尝不发愁，可是着了“抱杞人忧”，使人就感到不合适了。杞人忧用的是《列子》书里的典故，说有个杞国人担心天崩地裂，原是说他的愚昧无知，忧不该忧的事，用来指费宫人就见得不合适了。再如写崇祯皇帝吊死时，他手下的太监王承恩也跟着吊死，却说：“承恩且从容拜命而相随于鼎湖也。”着了“相随于鼎湖”，看起来也觉得很不合适。这种传记文学，需要明白有力量的文章来描写当时的实情，一用典故，便见得模糊不真切，减损了文章的力量了。所谓“相随于鼎湖”，是用了一个传说的典故。相传黄帝在荆山下铸鼎，鼎成，就乘龙飞升上天。这个典故用在文章里，使人看了，容易联想到黄帝铸鼎的传说，分散了对原文的注意力，恰恰收到相反的效果了。更糟的是下面一段中的几句话：

李自成射承天门，将入宫。魏宫人大呼曰：“贼人入大内，我辈必受辱；有志者早为计！”奋身跃入御河。须臾，从之者盈三百；翠积脂凝，河水为之不流，而香且数日也。

这一段，傅庚生先生在《中国文学欣赏举偶》里指出“翠积脂凝，而香且数日也”十字，极儇薄，与文情不称。因为写壮烈的事情，不该夹杂打情骂俏的低级趣味的话，涣散一般读者的注意力。又指出文中有称“纤指”、“粉颈”处，亦不禁令人全身起栗。这种指摘都是很惬当的。再如写李自成看见费宫人时说：

> 自成见其丰艳，心欲纳之；而每升御座，辄神摇目眩，见白衣人长数丈者在前立，又恍如帝之辟易于其左右也，心畏之而不敢，以赐其爱将罗姓者。

这些话，看了反而会使人怀疑对于费宫人壮烈殉难的真确性，同样会收到相反的效果，这些都是破坏高级趣味的地方。为什么有了这样好的题材，陆次云的文章却写得不免有那样的疵病，这是因为他的文格卑。为什么他的文格卑，这大概因为他缺乏对人生的忠实而严肃的态度。

王静安在《人间词话》里说："读《会真记》者，恶张生之薄幸，而恕其奸非。读《水浒传》者，恕宋江之横暴，而责其深险。此人人之所同也。故艳词可作，唯万不可作儇薄语。龚定庵诗云：'偶赋凌云偶倦飞，偶然闲慕遂初衣，偶逢锦瑟佳人问，便说寻春为汝归。'其人之凉薄无行，跃然纸墨间。"这一段话，就触及到对人对事需要忠实严肃的态度的问题。只有执着真理，对人对事，抱着忠实而严肃的态度，才能不致堕入浮滑的低级趣味中去。就对人对事的忠实严肃讲，虽则像张生和莺莺违背当时礼法的恋爱，也是可以原谅的，可是张生后来变了心，抛弃了莺莺，显见他的不忠实，那便不可恕了。虽像宋江那样打家劫舍的暴行，也是可以宽恕的，因为他是被逼上梁山的，可是他的心地阴险，便见得对待手下的弟兄不忠实，所以不可恕了。因此像龚定庵的诗，说偶而赋凌云想做官，其实并不是真要实行某种政治上的抱负。偶而感到疲倦了想退隐，其实并不真的想隐居。偶而碰到佳人的询问，便说为了你的缘故才辞了官回来，其实并不真的为佳人辞官。总之，一切都不忠实，态度浮滑而不严肃，所以招致静安的呵叱了。

可知要避免文章的浮滑，堕入低级趣味，只有从做人着手。用忠实而严肃的态度来待人来处事，那么写出来的文章自然可以避免浮滑的毛病。所谓忠实，自然要忠实于执持真理。像《人间词话》中所说的，那是借极端的例子来反映浮滑的可恶罢了。所谓忠实，自然不是忠实在这两方面。就这一点说，做人和写文章原是可以相通的。一个具有忠实严肃态度的人，对于挑达的行为，浮滑的话语，自然会觉得可鄙可厌。但是染上了挑达浮滑习气的人，也许并不觉得自己的行为和话语有什么不合，也许认为越是挑达浮滑越显得自己的聪明。为什么人们的趣味会相差到这样远，那是由于各人的习染不同所致。所以做人要保持心地的纯洁，做文章也是这样，要是染上了浮滑的习气，文章无论如何都做不好了，所谓保持心地的纯洁，并不是说避开丑恶的现实不看，或者看到了把它隐蔽起来。从前林纾翻译迭更司[①]的小说，说他的小说描写丑恶的现实，像从镜子里照出来的景象，既清晰，又明亮，并不染上恶浊的趣味。用镜子来比喻心地的纯洁，用镜子的照见各种景物，来比喻用纯洁的心来观照现实，原是一个巧妙的譬喻。不过还需加上一点补充。就是作家对于作品中的人物，不

---

① 迭更司，现通译作“狄更斯”。

仅要写得像真实的人物一样，还需要把爱或恨的真情感灌注在各个人物上。在他写作的时候，无论怎样客观，不过这种爱和恨的情感总是在文字的背后不知不觉地透露出来。有了这一种爱和恨，才见得他对人对事的态度忠实认真而严肃。同样是描写现实，缺乏了忠实严肃的态度，爱和恨的真情感，用狎侮的态度来看现实，就变成了低级了。即使是属于滑稽的动作话语或文字，运用机智来使人发笑，也离不了忠实严肃的态度。只有把这种忠实严肃的态度贯彻到机智的动作和话语里，才能够使人在发笑以外再得到一种启示，一种对人生的认识，不仅是笑笑完事，才是高级的趣味。要是只让人发笑，除发笑以外再没有别的东西，就会落入胡闹的低级趣味中去了。滑稽尚且这样，其他的文章更不必说了。所以咱们认为保持纯洁的心地，具有爱和恨的热情，用忠实而严肃的态度来观照人生，那么写出来的文章自然不会落入低级趣味中去了。

用这样的态度来看文章，自然渐渐地会讨厌那些无聊低级趣味的作品，爱好有价值的高级趣味的作品，自己的鉴赏力也会逐渐跟着提高，以前自己所看不懂的也会逐渐明白过来。到后来，对于每一个人每一件事，爱和恨的感情越来越分明，便凝成为一种道德的情操，再不会沾上低级的趣味了。

以上是就对人对事说的，其实对景物又何尝不是这样。没有忠实而严肃的态度来观照景物，又怎能写出真景物来呢？《老残游记》里讲他在看黄河上打冰那一回，看到了月亮照耀下的积雪，冒着凛冽的寒风，才想到谢灵运的诗句，

“明月照积雪，北风劲且哀”的好处，懂得“哀”字的真正意义。要不是作者忠实地经历到那样的境界，怎能写出感动几千年以后人的诗来呢？再像王维的诗句：“大漠孤烟直，长河落日圆。”要不是忠实地经历过边塞上黄昏时的景象，怎能写出那样气象雄浑的诗句来呢？

描写风景的文章，要是作者缺乏了忠实的观照，往往变成可厌的游词。所谓游词，就是用来指这里的风景固然可以，用来指那里的风景也未尝不可，可是对于两方面的风景都不能真切地描写出来。像章回小说里的描写风景，用的都是韵文，和上下文不生关系，这种韵文大都是缺乏忠实态度的游词，所以看《红楼》《三国》《水浒》的人，对于这种夹在文中描写风景的韵文大都跳过不看。一般研究文学史的人，纵然对这种夹在文中的韵文看得很重要，认为这是章回小说从佛经文体中演化出来的痕迹，可是就文学的观点看，这种韵文实在是失败的，并不因为它载在有价值的文学作品里就会提高它的价值。这就为的作者对它缺乏了忠实的观照态度。

可是也有例外的，像《儒林外史》里记王冕看到夏天大雨后河里的荷花一段，又前面提到的《老残游记》记黄河上打冰和月亮下的雪景一段，都写得非常生动，拿来和上面说的夹在文中描写风景的韵文比，一边好像是活色生香的花朵，一边好像剪裁纸彩做成的假花，一边和前后文密切相关，一边和前后文不生关系，追究这两者差异的原因，就为了一边具有忠实的态度，一边却缺乏了的缘故。

（《中学生》，1948 年第 196 期，原署名振甫）

论用字

尤墨君

试翻开一册作文法或修词学，其中总有几页，论到用字。这可见字在文中，很是重要。用得“当”否，足以影响到全篇的文章的生色或减色的，本来积字成句，积句成文，故我们可以把“文”譬喻作“躯干”，“句”作“器官”“字”作“神经”。神经全部失其常，则全部躯干和器官将仅成一空架儿。一部神经失其常，则这一部的躯干或器官亦将有运用不灵之虞，文亦如是。好好的一篇文章，偶因一二字用得不妥或不灵，便足以引起一节或全篇的不安。古人也明白此理，所以有“句斟字酌”和“文从字顺”等话头。所谓“字顺”，就是用字灵动。字能用得灵动，全文便如流水般通畅流利了。我们读宋欧阳修《昼锦堂记》开头“仕宦而至将相富贵而归故乡”二句，便觉得很是流利。那知欧阳修为了那二个“而”字，已煞费苦心，几经易稿呢？所谓“字酌”，就是在将用一字之时，须先商酌这字的妥当与否。“孔子作《春秋》而乱臣贼子惧。”这便是他用字不苟，不肯轻易地放过；所以“一字之褒，荣于华衮；

一字之贬，严于斧钺！”不然，“乱臣贼子”怎会害怕，把孔子的一枝笔当做“华衮，斧钺”？

用字古人叫做“练字”。梁刘勰《文心雕龙·练字》第三十九篇里说“……是以缀字属篇，必须练择：一避诡异，二省联边，三权重出，四调单复。……”《文心雕龙》是我国古代修词学专书。刘勰在那时，把“练字”别分一篇详述，并引了许多例子。这足以证明用字的重要了。

用字为什么在作文里是这样重要呢？刘勰说得好：“心既托声于言，言亦寄形于字。”因为我们的思想，是像电光般迅速的。一转眼间，它——思想——可以自甲而至乙，自中国而至美国，自我们的星球而至最远的星球和无限的空间。我们要是醒着，我们的思想决不会突然中止。所困难的，就是我们要在这思想飞去之前，把它捉住而保存于纸幅之上。要做到这步工作，非用字不可了。倘使我们蓄字丰富，我们便能运用自如，且可继续地运用而毫不觉得困难。如果人生不过饮食睡三者，我们何须要用许多字？并且识了许多字，有何用处？可是人生决不是这样简单的。我们若要对于西洋镜般的世界而有了解的兴趣，胸中须有一部大字汇，由我们随意选用才兴。读书所以引我们了解人生和其他。谈话所以引我们沟通人和人中间的隔阂。当我们握笔作文时，我们必须无限制地用着字。我们不但要表达得明了，而且还要做得迅速和稳妥。在我们的思想突如其来，一起一伏之际，这便是用字的时机到了。

字究应怎样用，并且我们应用哪类字才可称“得当”呢？我们用一字，我们当择定这字对于我们所要表达者是否恰合。同时还要顾到读者方面从这字的印象，能否发生和我们所期望于读者的恰合。所以关于用字有二点应当注意：即，（一）如何可以使我们的意思清楚。（二）如何可以避免我们所代表思想的字，使他人读之，无模糊不清之感。本此原则，我们用字，应择最有用的字和那常用的字。明言之，我们应用（一）全国皆用的字，（二）现今人人皆用的字，（三）名著作家和名演说家常用的字。

（一）我们用一字，当顾到这字的意义可使全国皆知，无有例外。譬如，我到异地，向人问讯。倘使他们说出来的字，是含有地方性的意义的，那么这字便只能通行于一隅，而非全国通用——人人皆知——的字了。中学生作文，常喜把俗字，方言，俚语用入文中。浙江旧台州属一带："穀"写作"殳"，"出"写作"岀"，"這"写作"这"，还有许多，不胜枚举，这些原是俗字。中学生不察，也常写入文中，使异地的人见了，费解！又如"像煞有介事"，"出风头"等，都是苏沪一带的方言。它们用入文中，恐远省的人见了，也难明了！且方言，俚语，大都言不雅驯。何况它们又含有时间性和地方性呢？有人说，方言和俚谚用入文中，有时可增加语句的"活泼"。这话固然是对的。然而文章的"庄重"，却因此而丧失了。二者比较，恐谁都愿保存文章的"庄重"吧。

（二）一部字典中，已经死去的（obsolete）或行将死去的（obsolescent）字，不知多少。所以外国的良好字典中，编者把那些所谓废字（obsolete words）印成斜体字，使用者易于辨认。可惜我国字典学专家，尚未见到及此！

历史古人的文章中，废字也不少，倘使我们有意求古，好用僻字，那么便将如刘勰所说："一字诡异，群句震惊；三人弗识，将成字妖"了！例如，孔子赞美《关雎》之"乱"，洋洋盈耳。这"乱"字已成废字。倘使现在我们作文，要硬把这"乱"字代替"乐之卒章"，用入文中，不将使读者费却思考的时间吗？又如近人对驻军移防，歌功颂德的电文中，常有"军民安堵'匕鬯'不惊"的刻板语句。"匕"和"鬯"是宗庙祭器。现在国体已更，还有什么宗庙？《诗经》里称"鸡鸣"做"喈喈"。可是现今"喔喔"已用惯了，我们又何必去用不是现今人人皆用的字——喈喈——呢？古代方言俚语，散见于小说曲本中，也不知多少，元曲里尤多。我们用字，应当知所审择。此就背乎"今"的"古"而言。还有虽非古字，而非现今人人皆用者有二种：（a）术语，（b）译音。术语如，商业上的"俏"，"疲"，"跌风"，"坚挺"等，别有意义，非专家所能领会，此外工艺上，科学上的诸术语亦然，译音如 Democracy 译作"德谟克拉西"。Science 译作"赛恩斯"。Energy 译作"爱涅儿几"。Inspiration 译作"烟士披里纯"。后二者已有人在《中学生》（一九三〇，九月号，答问栏，问一三三和一四一）上提出发问，请求解答，这便是"译音"虽非古字，而非人人皆知的一个显例。故术语和译音都非含有普遍性的。前者用入文中，至少引起一部分人的误解；后者用入文中，则至少引起一部分人的惶惑，欲索解而不得。

（三）多读名家文章，细细地体会他的用字，可以增进我们用字上的知识不少。因为名家用字，决不随随便便的。

字是士兵，名家是军官。调遣得当，便可以出奇制胜。同一文章，要是名手写来，一字可以令人叹服，一语可抵人千百语。若出诸俗人，则恐字非其用，用非其字，难得博读者的共感了。清刘鹗《老残游记》里说，老残在山东齐河县晚上闲步，“对着云月交辉的景致，想起谢灵运的诗‘明月照积雪，北风劲且哀’两句，若非经阅北方寒象，那里知道‘北风劲且哀’的‘哀’字呢?”李叔同先生《春游曲》“万花飞舞春人下”句，丰子恺《文学中的远近法》（一九三〇年《中学生》九月号）里说“……用普通的常识想来，应该说万花飞舞春人‘旁’，就杀风景。”这都是名家用字不苟，故能博得读者的细细体会，一唱三叹。所以初学把名作简练揣摩，自能于无形中得到益处多多，并且名作又可以暗示给我们：（一）思想上的统一（Unity），（二）合乎逻辑的结构，（三）表达用引例或比较法的显出。美国 Robert Collyer 曾将由读书体会到名家用字的经过，告人说，他在当学生时，自朝至暮，读过 Bunyan，Crusoe 和 Goldsmith 著作，和《圣经》中及 Shakespeare 中的故事。他喜这些作品，和喜牛乳无二。后来他把一个一个字都融会到他的本能里去。一八三九年，他在客中度圣诞节。正在无聊之际，有位老农给他一本 Irving 著的 Sketch Book 他就沉浸在这书中了。Collyer 读名作的方法，我们大可奉为南针。又，名演说家的用字，字字生动有力，所以我们要得到用字上的助力，除读名作外，还要多听名演说家的演讲。寻常的演说家只有他自已领会，名演说家则不但使他自己领会，并能使听者悠然神往，而永不忘他的话。寻常演说家或足以使听者索然无味，昏昏欲睡。至于名演说家，则常能使听者两眼清醒，精神焕发。这全是用字的关系。名演说家演讲时所用的字，必明白而有力。

末了，简单地说一句，我们用字，应当择名家用，现今用，全国用的字。

（《中学生》，1931 年第 12 期）

文章的省略

夏丏尊

文章家向有“剪裁”“含蓄”一类的说法，所谓“剪裁”是把无关紧要不必说的部分淘汰，所谓“含蓄”是把重要的该说的部分故意隐藏起来或说得不显露。这两种工夫是文章家向所重视的，这里把它们包括在“省略”二字之下，来作一次考察。

文章是用文字记载事物传达思想情意的，可是不幸得很，文字本身就是一种不完全的工具，无论记载事物或是传达情意，文字的力量都是很有限的。作者的本领只是利用了这不完全的文字工具把要说的话说出一部分，其余让读者自己去补足去想像。越是聪明的作者，越知道文字并不是万能的东西，他们当执笔的时候，所苦心的是怎样才能把文字使用得较有效，决不干吃力不讨好的勾当。世间的万事万物，都是有着无限的内容的，任何一件小东西，如果要写得周遍无遗，听凭你写几十万字也写不尽。例如写一个人的面貌吧，眼睛、鼻子、眉毛、耳朵、嘴巴、头发、轮廓、表情，如果你仔仔细细地按了次序去写，包管你会写成无数的文字，结果必至于搁笔兴叹，太息于文字的无用和不完备。

面若中秋之月，色如春晓之花。鬓如刀裁，眉如墨画。鼻如悬胆，睛若秋波。虽怒时而似笑，即嗔视而有情。

这是《红楼梦》里描写宝玉面貌的文章，其中用着许多的“如”“若”等比拟的麻烦手法而且又假想到他在“怒”“嗔”的时候的神情，这种写法对于读者总算是极忠实的了，为要使读者明白宝玉的面貌怎样，作者费了这么多的气力，其实是吃力不讨好的事情。读者读了这一串的文章，如果不自己加以补足想像，还是不明了的。

籍长八尺余，力能扛鼎，才气过人。

高祖为人隆准而龙颜，美须髯，左股有七十二黑子。

这是《史记》写项羽写高祖的文章，对于项羽只说他身有多长力有多大，关于面貌的话一概从略，对于高祖只说他鼻子高，脸像龙，须髯好看，左股有七十二个黑痣，关于眼睛、眉毛等等一些也不提，我们读去，也并不会嫌作者写得欠详细，照普通的见解说，反觉得比那《红楼梦》的一段来得不琐碎杂乱。

文字毕竟是力量有限的东西，作者对于文字的效力首先得加以估计，在可以生效的方面好好运用，切勿在无效的方面去瞎卖弄。与其对读者谆谆地絮说，令读者厌倦，不如信任读者的理解力想像力，说得简略些，让读者有发见的欢喜。文章的省略，可以说就是文章技巧之一。

省略可分三种，一是字面的省略，二是意义的省略，三是事件的省略。

字面的省略，这是把文句间的可省的字面尽量省去，是最初步的省略法。我十岁左右的时候，从塾师学习书信，塾师曾教我一个书信文的评判法，他说，书信中自称的“鄙人”、“弟”，称对方的“阁下”、“仁兄”等字面不可到处运用，如果“鄙人”“阁下”等字面用得触目都是，就不是好书信。这话我到现在还记得，觉得很不错。凡是可看可读的书信文，差不多都合乎这个法则的。案头有袁小修的《珂雪斋集》把其中的尺牍选录一首作个例子。括弧内的字，是我依照了文义故意增加上去的。

（弟）自君山归来，怀想（兄）不置。（弟）老父体中已安。（弟）稍稍葺理旧业。（弟于）八月初七之日，已移亡兄灵柩入村。（弟）断肠之泣，久而愈新，奈何！承（兄）教（弟）讯扫身心如老头陀，甚善甚善。……（弟）近与苏潜夫聚首数日，商確一番，彼此洒然凛然，恨不令兄闻之耳。曾太史体中尚未平复。（兄）所云云（弟）当转致之。（寄王章甫）

这里面依照文法上的规则看来，省略的地方不少，不但古人的书信文如此，近人写作的书信里也常见到这情形。例如周作人氏给俞平伯氏的信：

前寄一函至园，想已达览。久不见绍原，又未得来信，于昨日便道去一访。云卧病未晤，不知系何病。独卧旅邸，颇觉可念。兄在城时，不知有暇能去一访否。并乞去后以其近状见示为感。匆匆，即颂雪佳。

“兄”字一见，“弟”字连一个都没有。如果增加进去，当然有几处可以增加的。

书信的读者就是受信人，彼此之间关系不致模糊，有许多字面当然可以省略，上面所着眼的，只是彼此的称呼方面而已。至于书信以外的一般的文章，字面的省略也极要紧。《史记·张苍传》记张苍说，“年老口中无齿”，刘知几在《史通》里评它太繁，说六字之中有三字可省，改作“老无齿”就可以了。如果我们用这样的眼光去读一切的文章，觉得每篇文章可省略的字面是很多很多的。“与其不自由毋宁死”可以删削为“不自由毋宁死”，“年已七十矣”可以删削为“年已七十”或“年七十矣”。因为删掉了些字面，意义并不会有什么欠缺。

自从语体文流行以来，文言派的人动辄批评语体文冗蔓。其实我们日常所用的白话本身并不冗蔓。如果依照了日常的白话写作，决不至有冗蔓的毛病的。语体文的所以冗蔓，我以为是受了翻译文的影响。外国文和中国文习惯不同，例如英文里有“a”“The”等的冠词，而中国文就没有，有些译书的把英文的“I gasing at the moon through a telescope”不译作“我就望远镜注视月亮”，硬译作“我注视这个月亮从一个望远镜”，字面就平空地增加了。这翻译文的影响，流行到一般的写作上，于是本来不是外国文的文章，也像是翻译文了。下面所引的是创作小说里的一节，和从来的文章相比固然繁简大异，和日常的白话相比，调子也不一样。

时节是阴历六月中旬的一日。微细到分辨不清的油一般的小汗粒从肥壮的章君的鼻头和颊上续续渗出，随后竟蔓延到颈际了。他睡在一间胡乱叫做书斋的房中一张藤躺椅上；照那样子看去，可以称为是午后二时光景的夏天的打盹。一只赤露的胳膊旁逸到藤椅的外侧，软软地向下垂着，那一只却弯曲在椅扶手上；两条腿和脚挺直伸出，叉开来搁在椅前的地方；那全身颇像一个三岁孩子用秃笔涂成的畸形的"大"字。他朦胧合着眼皮；那歪在椅顶枕上的发毛毵毵的脑袋，有时因为一两匹小蝇在他眼缝或嘴角的湿津津的处所吮咂的厉害，便"唔?"的在梦中发出了向来不曾有仇但为什么定要来烦扰的不得已的抗议，于是只得摆动一下，随即那鼻孔里似乎又有了小的鼾声了。

窗外的天空不像是可以教人看了会愉快的天空：说是夏天，总应该是清清朗朗有润凉的西南风吹送着一小片白云过来的，可以起人悠然遐思的天空；可是那在四边地平线上层层叠叠堆上了还要堆上去似的隐藏在树林背后的云，不绝地慢慢向天顶推合，虽不曾响着雷声，人的心里总以为"快响雷了吧?"的这样沉闷暑湿的天气，所以竟使大小的蝇时刻攒围在这个有些汗臭的肉体的身旁，而且一只很大的蚊虫钉在他的屁股旁边；反应的作用使他那条大腿上的肉不时颤动。（罗黑芷《雨前》）

这两段文章，描写的忠实细致，总算费尽了气力，可是词句的拖沓累坠也到了极度了。如果从字面上一一推敲起来，有许多是闲字，应该删汰。例如“他睡在一间胡乱叫做书斋的房中一张藤躺椅上，照那样子看去可以称为是午后二时光景的夏天的打盹”，“一间”和“一张”，都是不必要的字面，“照那样子看去”“可以称为”也是不必要的声明，实际是在“打盹”，有什么“可以称为”“照那样子看去”呢？“夏天的”也可省，因为上文已有“时节是阴历六月中旬”的话了。“午后二时光景”也无大意味，因为“午后二时光景的夏天的打盹”，不能成功一个熟语，说“打午盹”就够了。又“胡乱叫做书斋的房中”虽然用了许多字，意义仍不明白，如果本来不是书斋，号称书斋的，那么把他加上括弧写作“书斋”就行了。所以这一串文句，不妨将闲字删去，改成“他在‘书斋’里藤躺椅上打午盹”。经过这样省略，和原文比较也不见得缺少了什么效果。原文虽然增加了许多字面，其实这些字面用得都不大有效果的。

以上所说的是字面的省略，次之要说到意义的省略了。我们写述一件东西或是一件事情，当然是因为自己对于那东西那事情抱有某种意义，觉得非表达不可，才去执笔的。如写某孝子的传，当然意义在佩服某孝子，记某地名胜，当然意义在赞扬某地的风景。决不会有毫无意义漫然去写文章的作者。有时候作者要想表达某种意义，甚至于虚构了世间没有的东西或事情来写（如寓言、童话、小说等类的文章里，常有这种情形）。足见意义在文章上的重要了。

这重要的意义，照理应该表达得很透澈明白，可是实际的情形却不然。除论说文外，作者往往把自己所想表达的意义说得非常简略，不随处吐露，或竟隐藏起来，在全篇文章里不露一言半句，让读者自己去探索。越是高级的作品越是如此。常见有人作《义犬记》，把义犬的故事写明白了以后，结末再来把自己的意义表白清楚，说什么“呜呼，如斯犬者可以风世矣，余有感其事，故记之”或“犬尚知忠于主人，可以人而不如犬乎”。这种表达意义的方法，其实很笨。聪明的作者只把所要写的东西或事情好好地写出，至于自己所怀抱的意义却竭力隐藏起来，不多说，或竟一字不说。例如：

太形、王屋二山，方七百里，高万仞。本在冀州之南，河阳之北。北山愚公者，年且九十，面山而居。惩山北之塞，出入之迂也，聚室而谋曰：“吾与汝曹毕力平险，指通豫南，达于汉阴，可乎?”杂然相许。

其妻献疑曰：“以君之力，曾不能损魁父之丘，如太形、王屋何？且焉置土石?”杂曰：“投诸渤海之尾，隐土之北。”遂率子孙荷担者三夫，叩石垦壤，箕畚运于渤海之尾。邻人京城氏之孀妻，有遗男，始龀，跳往助之。寒暑易节，始一反焉。

河曲智叟笑而止之，曰，“甚矣，汝之不惠！以残年余力，曾不能毁山之一毛，其如土石何?”北山愚公长息曰：“汝心之固，固不可彻；曾不若孀妻弱子。虽我之死，有子存焉；子又生孙，孙又生子，子又有子，子又有孙，子子孙孙，无穷匮也；而山不加增，何苦而不平？”河曲智叟无以应。

操蛇之神闻之，惧其不已也，告之于帝。帝感其诚，命夸娥氏二子负二山，一厝朔东，一厝雍南。自此，冀之南，汉之阴，无陇断焉。《列子·汤问》

《列子》据说是伪书，不知这故事的作者究竟是谁，作者写这故事，意义不消说在表达“锲而不舍的精神可以宝贵”的大道理，从全体看来，作者所写记的只是故事本身，不曾对于自己所怀抱的意义说过什么话。作者虽然不说出自己的意义，意义却很明白，对于读者，效果不但并未减少，反而深切。因为这时读者所获得的效果，是从言外自己得来的，带有着发见的欢喜，悟得的自信，和作者所明白谆谆提示的情形不同。

作者抱了某种意义去写文章，不将意义尽情写出，这在作者也许是难过的事。可是在普通文章的情形看来，却是无可如何的。作者的意义，有关于整篇的题材的，也有关于部分的材料的。关于整篇的题材的意义，有许多作者因为熬不住了，往往在文章结尾或开端的地方表出，如为悲悼良友写祭文，用“呜呼×君”起，或用“呜呼哀哉”结，是常见的。至于关于部分的材料如果要一一表出意义，那就不胜其烦。结果会一段叙述一段说明或论断，弄得文脉杂乱不一致。试取前人名文一节，逐处添加了意义来看。例如归有光的《项脊轩志》末一段：

余既为此志，后五年，吾妻来归，时至轩中，从余问古事，或凭几学书，（甚乐焉）。吾妻归宁，述诸小妹语曰："闻姊家有阁子，且何谓阁子也?"（盖余妻在归宁时常与诸小妹言及南阁子，诸小妹怪而问之，足见余妻之恋恋于斯室矣。）其后六年，吾妻死，室坏不修。（恐引起悲怀，不敢复居此室，故任其坏也。）其后二年，余久卧病无聊，乃使人复葺南阁子，其制稍异于前。（庶几前尘影事，免萦余怀，可以安居。）然自后余多在外，不常居，（心与愿违，可叹也!）庭有枇杷树，吾妻死之年所手植也，今已亭亭如盖矣。（睹物思人，曷胜悼伤。）

括弧内的文句是我依了原文的情形胡诌了增加进去的，这对于原文，实在等于佛头着粪，大是一种冒渎。可是一般所谓作者的意义，其实就是这类的东西。经过这样画蛇添足的增加以后，在读者的眼里，文章的力量不但不增加，反会减损。因为读者已无自由探索意义的余地了。

以上所说的是意义的省略，再次之是事件的省略。我们写述一件事情，并不要一伍一什丝毫不漏地如数写述下来。有许多事情，经过很复杂，关系方面很多，或本身范围极大，要写也无从写起，如战争的实况。此外，还有许多事情在普通文章里是不便露骨地写的，如男女间秽亵的情事，杀人的惨酷的情形。幼稚的旧剧优伶，往往把舞台上演不相像的事件来瞎演一阵，他们用八个"跑龙套"来打仗，"当场出彩"杀人或描摹男女间的秽亵，甚至于恐怕演得不像有时还要弄些"真山真水""真马上台"的把戏。

他们自以为最忠于观客没有了，其实在聪明的观客，这些扮演却是一种苦痛的负担。文章和演剧一样，文字不是万能的东西，如果把写不像或不必写的部分也一一来硬写，结果对于读者是吃力不讨好的。聪明的作者决不干此愚事，他们先打算效果，认为无甚效果的部分，不重要的固然省略，就是重要的也省略。他们只用经济的手腕，以“一笔带过”的方法，来弥缝事件和事件间的窟洞。例如下文：

马伶者，金陵梨园部也。金陵为明之留都，社稷百官皆在；而又当太平盛时，人易为乐。其士女之问桃叶渡，游雨花台者，趾相错也。梨园以技鸣者，无虑数十辈，而其最著者二，曰兴化部，曰华林部。

一日，新安贾合两部为大会，遍征金陵之贵客文人，与夫妖姬静女，莫不毕集。列兴化于东肆，华林于西肆，两肆皆奏《鸣凤》所谓椒山先生者。迨半奏，引商刻羽，抗坠疾徐，并称善也。当两相国论河套，而西肆之为严嵩相国者曰李伶，东肆则马伶。坐客乃西顾而叹，或大呼命酒，或移座更近之，首不复东。未几更进，则东肆不复能终曲。询其故，盖马伶耻出李伶下，已易衣遁矣。

马伶者，金陵之善歌者也。既去，而兴化部又不肯辄以易之，乃竟辍其技不奏，而华林部独著。

去后且三年而马伶归，遍告其故侣，请于新安贾曰：“今日幸为开宴，招前日宾客，愿与华林部更奏《鸣凤》，奉一日欢。”

既奏，已而论河套，马伶复为严嵩相国以出，李伶忽失声，匍匐称弟子。兴化部是日遂凌出华林部远甚。

其夜，华林部过马伶，曰“子，天下之善技也，然无以易李伶。李伶之为严相国，至矣；子又安从授之而掩其上哉?”

马伶曰：“固然，天下无以易李伶，李伶又不肯授我。我闻今相国昆山顾秉谦者，严相国俦也。我走京师，求为其门卒三年。日侍昆山相国于朝房，察其举止，聆其语言，久乃得之。此吾之所为师也。”

华林部相与罗拜而去。

马伶名锦，字云将，其先西域人。

（侯方域《马伶传》）

这篇文章里面所记的事件并不连续，有着许多的窟洞，作者用“一日”“去后且三年”“既奏”“其夜”等说法，一方面把本来连续着的事件任意割取，一方面又把窟洞弥缝着。依文章所表达的内容说，马伶走京师入相国昆山顾秉谦门下为门卒，是经过三年的光阴的，应该有大大的一段经过，可是作者却全部省略，只在马伶的谈话中“一笔带过”了。如果作者用了五百字或一千字来把这段经过详叙，效果也不会比原文增加吧。没有效果的文字，当然应该省略。再举一例如下：

唧唧复唧唧，木兰当户织。不闻机杼声，惟闻女叹息。

问女何所思，问女何所忆。女亦无所思，女亦无所忆。昨夜见军帖，可汗大点兵，军书十二卷，卷卷有爷名。阿爷无大儿，木兰无长兄，愿为市鞍马，从此替爷征。

东市买骏马，西市买鞍鞯，南市买辔头，北市买长鞭。旦辞爷娘去，暮宿黄河边，不闻爷娘唤女声，但闻黄河流水鸣溅溅。旦辞黄河去，暮至黑水头，不闻爷娘唤女声，但闻燕山胡骑声啾啾。

万里赴戎机，关山度若飞。朔气传金柝，寒光照铁衣。将军百战死，壮士十年归。

归来见天子，天子坐明堂。策勋十二转，赏赐百千强。可汗问所欲，木兰不愿尚书郎；愿借明驼千里足，送儿还故乡。

爷娘闻女来，出郭相扶将；阿姐闻妹来，当户理红妆；小弟闻姊来，磨刀霍霍向猪羊。开我东阁门，坐我西阁床，脱我战时袍，著我旧时裳，当窗理云鬓，对镜贴花黄。出门看火伴，火伴皆惊惶：同行十二年，不知木兰是女耶。

雄兔脚扑朔，雌兔眼迷离；两兔傍地走，安能辨我是雄雌。(《木兰诗》)

这是写木兰从军的，战争当然是题材的中心部分。作者对于出征前的情形写得很周详，对于凯旋后的光景也写得很热闹，写战争的部分却只“万里赴戎机，关山度若飞，朔气传金柝，寒光照铁衣。将军百战死，壮士十年归”六句，而且“万里赴戎机，关山度若飞”二句是未战以前的事，“将军百战死，壮士十年归”是既战以后的事，真正和战事有关系的情景只有“朔风传金柝，寒光照铁衣”十个大字。这十个大字，所表达的只是一时的战场上的光景，并不是战争的本身。木兰从了十二年的军，这首诗又是写她的从军的，对她作战的经过居然不着一字，这不是作者的疏忽，倒是作者的技巧。文字不是万能的工具，如果作者用了文字想把十二年的长期的战争来描绘来传述，结果等于旧剧伶人带了几个“跑龙套”来扮演打仗，有什么效果呢？

凡是一种事件，方面都很广，内容都很庞杂。作者只能选写一部分一方面，其余让读者自己去补足想像。有许多事件，像战争之类，不实写，表达的效果倒反完全，挂一漏万的写出来，事件本身就倒反会有欠缺的。绘画上有“空白”的用语，画家作画不论人物花卉或者山水，没有把画面全体涂满的，常空出一处或几处，这叫“空白”。画家对于空白常大费苦心，一幅画的好坏，空白的适当与否是重大的条件，空白也是画，不是普通的白纸，这是凡能看画的人都知道的事。文章和绘画有许多共同之点，事件的省略，和空白对比起来，不是很易明了的吗？

关于文章的省略，值得注意的事项，当然还很多，这里只就字面、意义、事件三个方面说了一个大概。文章上许多法则，大之如章法布局，小之如炼字造句，差不多都和省略有关，可以当作省略的另一方面来连带考察的。

（《**中学生**》，1936 **年第** 62 **期**）

文章中的会话

夏丏尊

在普通文章中，含有会话的大概是叙述文，因为议论文、说明文和记述文普通只是作者一个人在说话，文中即使写有作者以外的人物，往往没有说话的机会的。

叙述文也可不含会话，我们叙一个人或一件事，即使那个人说过许多话，那件事的经过上曾有许多人说了许多话，也竟可全不用会话的方式来写。例如："星期日下午张三跑到李四那里说，'今日天气很好，去逛逛公园好吗?'李四说，'我想买书去，还是同我上书店去吧。'张三说，'也好'，于是两人就走出校门。"这段叙述，原是含有会话的，如果改写成"星期日下午，天气很好，张三跑到李四那里邀他去逛公园，李四因想买书，叫张三同上书店，张三也赞成，于是两人就走出校门"，就没有包含会话了。再试以前人的文章为例来说，《水浒传》景阳冈一段：

武松在路上行了几日，来到阳谷县地面。此去离县治还远。当日晌午时分，走得肚中饥渴；望见前面有一个酒店，挑着一面招旗在门前，上头写着五个字道，“三碗不过冈”。武松入到里面坐下，把哨棒倚了，叫道，“主人家！快把酒来吃。”只见店主人把三只碗、一双筷、一碟熟菜，放在武松面前，满满筛一碗酒来。武松拿起碗一饮而尽，叫道，“这酒好生有气力。主人家，有饱肚的，买些吃酒。”酒家道，“只有熟牛肉。”武松道，“好的，切二三斤来吃酒。”店家去里面切出二斤熟牛肉，做一大盘子，将来放在武松面前，随即再筛一碗酒。武松吃了道，“好酒！”又筛了一碗。恰好吃了三碗酒。再也不来筛。武松敲着桌子叫道，“主人家，怎的不来筛酒？”……

这段文章中含有许多会话，可以把会话的形式除去，改写为普通的叙述，如下：

武松在路上行了几日，来到阳谷县地面。此去离县治还远。当日晌午时分，走得肚中饥渴，望见前面有一个酒店，挑着一面招旗在门前，上头写着五个字道，“三碗不过冈”。武松入到里面坐下，把哨棒倚了，叫主人取酒来吃。只见主人把三只碗、一双筷、一碟熟菜，放在武松面前，满满筛了一碗酒来，武松拿起碗一饮而尽，向主人称赞酒有气力，问他有甚么可饱肚的下酒物。酒家回说有熟牛肉，武松叫切二三斤来下酒。店家去里面切出二斤熟牛肉，做一大盘子，将来放在武松面前，随即再筛一碗酒。武松吃了，赞酒好，又筛下一碗，恰恰吃了三碗，再也不来筛。武松敲着桌子问主人怎么不来筛酒。……

由此可知，叙述一个人物或一件事情，并非必须用会话，实际上作者写文章的时候，在有许多该有会话的地方也略去不记，只用自己的个人立脚点来作简单的叙述，例如朱自清氏的《背影》里：

到南京时，有朋友约去游逛，勾留了一日。第二日上午便须渡江到浦口，下午上车北去。父亲因为事忙，本已说定不送我，叫旅馆里一个熟识的茶房陪我同去，他再三嘱付茶房，甚是仔细。但他终于不放心，怕茶房不妥帖，颇踌躇了一会。

这段文章中，有几处原该有会话，如“父亲因为事忙，本已说定不送我”一句，原来的情形当然是用会话来表出的。也许有过“我本来想送你上车，可是还有别的事，没工夫了”的会话吧。“叫旅馆里一个熟识的茶房陪我同去，他再三嘱付茶房，甚是仔细”的部分，当时不消说是有“茶房，托你代我送少爷上车，你代他买车票，行李共几件，当心失少，……”样的会话的，可是作者在文章中都不把原来的会话照样写下来。

叙述文遇到会话的地方，可以用会话的形式来写，也可以不用会话的形式来写，一篇叙述文中往往在有些地方用着会话，有些地方虽然依情形看来原该是会话的部分，却不列会话，在文章的研究上这是一个值得注意的方面。

原来文章中所用的会话和我们日常所说的会话是不一

样的。我们每日从朝到晚，不知要说多少的会话，如果照样地写入文章中去，就会发生许多不妥当的毛病。第一是芜杂，譬如记主客谈话，如果从“久违了”到“再见”一连写记起来，结果便要乱杂不堪，主要的意旨反而不明白。第二是不完密，实际上的会话，有时一句话可以重复颠倒，有时一句话可以不完全说出。当面谈话，因为有表情动作等的帮助，彼此尚不致发生误解，可是写入文章中去，读者所依据的只是白纸上的几个黑字，当然就有隔膜了。所以日常的会话并不都可成文章中的会话，日常会话要写入文章中去，有两种工夫先得做，一是要精选，二是弄明确。

会话不但是传达思想情意的东西，也是各人特色所寄托的一方面。每个人的特色，不外从会话、行动、颜相、服装等几方面显出，用文章来描写人物，行动、颜相、服装等虽都该顾及，可是究竟不易充分表现，因为文字不像绘画，无法把这些确肖地写出。文字所比较能够容易描写的只是会话。所以会话可以说是文章中描写人物最重要的工具。人物的感情意志，要想用文字来表现，最适切的手段是利用人物自己的会话。

上面曾说过，作者叙述人物或事件，可以用会话，也可以不用会话。文章中本来用会话的部分也可改去会话的形式，使成普通的叙述。其实普通的叙述只能写事件的轮廓和人物与事件的关系外形，至于人物的感情意志是不能表现的。试看方苞的《左忠毅公逸事》：

先君子尝言，乡先辈左忠毅公视学京畿，一日，风雪严寒，从数骑出，微行入古寺。庑下一生伏案卧，文方成草。公阅毕，即解貂覆生，为掩户。叩之寺僧，则史公可法也。及试，吏呼名至史公，公瞿然注视，呈卷即面署第一。召入，使拜夫人，曰："吾诸儿碌碌，他日继吾志事，惟此生耳。"

及左公下厂狱，史朝夕狱门外。逆阉防伺甚严，虽家仆不得近。久之，闻左公被炮烙，旦夕且死，持五十金，涕泣谋于禁卒，卒感焉。一日，使史更敝衣，草屦，背筐，手长镵，为除不洁者，引入。微指左公处，则席地倚墙而坐，面额焦烂不可辨，左膝以下筋骨尽脱矣。史前跪抱公膝而呜咽。公辨其声，而目不可开，乃奋臂以指拨眦，目光如炬，怒曰："庸奴！此何地也，而汝来前！国家之事糜烂至此，老夫已矣，汝复轻身而昧大义，天下事谁可支拄者？不速去，无俟奸人构陷，吾今即扑杀汝！"因摸地上刑械作投击势。史噤不敢发声，趋而出。后常流涕述其事以语人，曰："吾师肺肝皆铁石所铸造也。"

崇祯末，流贼张献忠出没蕲、黄、潜、桐间，史公以凤庐道奉檄守御。每有警，辄数月不就寝，使将士更休，而自坐幄幕外。择健卒十人，令二人蹲踞而背倚之，漏鼓移则番代。每寒夜起立，振衣裳，甲上冰霜迸落，铿然有声。或劝以少休，公曰："吾上恐负朝廷，下恐愧吾师也。"（下略）

这篇文章中用会话来写出的共有四处，左公说话的二处，史公说话的二处，用得都非常有效果。左史二人的忠义之情，左对史的知遇之感，（这些是这篇文章的主要题旨）以及当时的情形，都从这几句会话里传出着，如果把这些会话改去，用普通叙述来写，就会失去原来的力量，减色不少。依照这篇文章的内容来看，文中人物不止左史二人，他人也必曾有过许多会话，左史二人所说的会话也当然不止这些，可是作者所用会话写出的，却只这几处，而且只是这寥寥的几句。这里面有着作者的选择力的。唯其作者能把芜杂的会话淘汰净尽，只把留剩下来的几句最重要的会话写入文章中去，这几句会话才能分外有力，所要写的题旨也分外显明。

会话在文章中占着重要的地位，叙述一个人物或一件事情，用会话的形式和用普通叙述的形式，原可任作者自由，作者所当注意的就是什么部分该用会话来写，什么部分该用普通的叙述。有时一行的会话，效果可以胜过十行的叙述，有时十行的会话毫无意义，徒使文章散乱，效果反不及一行的叙述来得好。再举一个例子如下：

"这是怎么一回事？你知道这信里说些什么？"

"我知道，你让我走，让我过去。"

"你到那里去？"

"我不要你救我，滔佛。"

"当真吗！他说的都是真的吗？——没有的事，这断不会是真的。"

"全是真的。我只知道爱你，别的什么都不顾了。"

"呸！不要把这种蠢话来推托！"

“滔佛——!”

“你这混帐的妇人——干得好事!”

“让我去——我不要你救我!我不要你把这桩罪名揹在你身上!”

这是易扑生所作的戏剧《娜拉》中的一节,(据潘家洵氏译本)娜拉的丈夫发觉娜拉背夫向人借款,夫妻间曾起一个口角的场面,这几句是口角的开始。因为是剧本,不像普通文章的有事件的说明,有动作的叙述,只以会话表现。从这些会话里丈夫的愤不可遏的神情,娜拉的屈服之中带有某种决心的态度,都活跃地可以看出来。

各种文章之中,会话最占地位的是剧本,次之是小说,再次之是普通的叙述文。会话的地位虽有轻重的分别,可是一样须有技巧。用会话的目的,在传出人物的神情、个性,就普通的叙述文来说,在普通叙述的时候,写一人物,是以作者的立脚点写的,换句话说,就是作者用了自己的口吻把某人物介绍给读者,成立着“人物——作者——读者”的关系。至于用会话来写的时候,是作者暂时把自己躲开,让人物直接说话给读者听,成了“人物——读者”的关系了。作者在写作时所当留意的问题有两个,一是该让什么人物在什么时候说话?二是该叫人物怎样说话?

关于第一个问题,上面已大致讲到,一篇叙述文中,可有许多人物,并不是每个人物都要有会话,并不是每句会话都要写记下来,把主要人物的主要会话写出就够了。平凡的空泛的会话,漫然写记下来,是毫无意味的。

说到这里，有一点应该注意，所谓主要的会话，乃是可以表现人物性格或有关题旨的会话，并非一定对事件有重大关系的东西。一串极平常的谈话，有时可暗示人物或事件的很深刻的方面。例如：

“今天天气好啊！”

“呃，天气真好！”

“明天也不会下雨吧。”

“呃，不会吧。”

这是极无聊的寒暄语，原无大意味的。但若写入剧本或小说里，假定有一个人想替甲青年、乙少女撮合作媒，约双方在某处会面，男女彼此面面相觑了作这些会话时，这些会话就是表现当时情形的好材料，一对陌生男女的羞赧的神情，完全可以由此表现，并不是闲话了。归有光的《项脊轩志》最后一段：

余既为此志，后五年，余妻来归，时至轩中从余问古事，或凭几学书。吾妻归宁，述诸小妹语曰：“闻姊家有阁子，且何谓阁子也？”其后六年，吾妻死，室坏不修。其后二年，余久卧病无聊，乃使人复葺南阁子，其制稍异于前。然自后余多在外，不常居。庭有枇杷树，吾妻死之年所手植也，今已亭亭如盖矣。

这里面“闻姊家有阁子，且何谓阁子也”是归妻口中传出来的妻家诸小妹的会话。这会话的人（诸小妹）并不重要，会话本身在表面看来也无大意味，近于闲文。作者归有光是有名的文章家，为什么会有这种闲文呢？原来这段文章是一个跋尾，题旨在记念他的亡妻。《项脊轩志》正文作在归妻未至以前，这段跋尾是归氏在妻死后追加的。“吾妻来归，时至轩中从余问古事，或凭几学书。”这些叙述，说明着归氏夫妻和这间屋子（旧南阁子）的关系，这间屋子是他们不能忘怀的地方。“吾妻归宁，述诸小妹语曰，‘闻姊家有阁子，且何谓阁子也?’”由这会话里，可以窥见妻在归宁时常提到这间屋子的事，因为“阁子”是一种特别的名称，诸小妹因为常常听到，才有这样的话。这会话在这段文章里，表现着归氏夫妻间的情爱，和归氏自己对于这间屋子的眷恋，可以说是很有意义的。

用平淡无奇的会话来表现人物内心的秘奥，这种技巧在好的戏剧或小说里面是常可发见的。我们读戏剧、小说时该随处留意，领略这种会话的妙味。

第二是该叫人物怎样说话的问题。会话和叙述不同，是人物自己的口吻，不是作者的口吻，文章里所写的人物可以不一，有农工、有官吏、有小孩、有少女、有村妇、有学者，地域、时代、阶级、年龄、性格等等又可各不一样，应该还他本来面目，各用适当的口吻来表现，官吏有官吏的用语，农工有农工的用语，知识分子间的“婚姻问题”，叫村妇来说就不逼肖，上海苏州一带的“白相”，在北方人口头非用“逛”或“耍”不可。

科斗成群的在水里面游泳，爱罗先珂君也常常先来访他们。有时候，在旁的孩子们告诉他说，“爱罗希珂先生，他们生了脚了。”他便高兴的微笑道，“哦！”（鲁迅《鸭的喜剧》）

“这一次我们打得有意思。”沉默了一会了后，他又对我说了，他告诉我他的经历，在广东当兵，到过江西打共产党，后来调到南京，又调到昆山，这会儿到闸北来，打过很多的仗，这一次才打得有意思。

“我们打江西的时候，打进一个地方，一个老百姓也不见，要吃的无吃，要住的无住，墙头上写了许多大字：‘穷人吒打穷人。’老百姓见了我们比鬼还怕。”（适夷《战地的一日》）

第一例把“爱罗先珂”说作“爱罗希珂”是在想表现小孩的口吻，第二例是记十九路军兵士的谈话的，努力保存着广东语的分子。为求会话适切起见，这种方面的留心，非常重要。

从前的文章用文言写，所用的会话也都是文言，村妇、小孩在文章中也只好用“之乎哉也”一套的字眼来说话，并且可使用的句读符号也很简单，只有“、”“。”两种。这对于表现上，实大不便利。例如上面所举的方苞的《左忠毅公逸事》里，左公在狱中对史可法所说的末尾几句话：

不速去，无俟奸人构陷，吾今即扑杀汝。

这会话用文言写记，在当时原是不得已的事。仔细玩味起来，就可觉得这三句话语气有不贯串的地方，和普通的话结合情形不同。“不速去，吾今即扑杀汝”是顺口的，中间插入一句“无俟奸人构陷”很不顺口。作者在这上面似乎曾大费过苦心，故意叫它不贯串，借以表出当时愤怒急迫的神情的。如果在句读符号完备的今日来写，就成：

不速去，——无俟奸人构陷！——吾今即扑杀汝！

即使仍用文言来写记，也容易表现得多了。此外，如感叹词、助词种类的增多，如注音字母的表音法，如方言的可以任意运用，都是以前未曾有过的便利。我们只要能留意，便容易写出适合人物的会话来。

（《中学生》，1935 年第 59 期，原署名丏尊）

情境的融会

周振甫

从来讲中国画的人，把画分成几个等级，认那些画得和外界事物一模一样，就是专讲画得像的图画，不属于顶高的等级。甚而认为只讲画得像，在形似上用功夫的，是“画工”“画匠”，不能够成为“画家”。画家一定要从形似再跨进一步，从物象中间选取一幅有意义的题材，从这幅题材里表现出一种境界来，这种境界或者是荒寒的，或者是浓丽的，或者是雄浑的，或者是柔美的。作者的胸襟、人格甚至于抑郁不平或踌躇满志的情怀都要在这里表现出来。一切景象都不过用来供我抒写胸中境界的资料。像元僧觉隐所说：“我以喜气写兰，怒气写竹。”可见透过形似以外，一种愉悦或愤怒的情怀要从所画的兰竹里透露出来。画画达到这一步，已经算是很高超的了。可是还不算登峰造极。因为借外界的景物来抒写我胸中的境界，往往不免要改变外界景物的真相。用喜气写兰，只适宜写初开或盛开的兰花，不适宜写谢落的兰花。用怒气写竹，只适宜写傲霜的劲节，不适宜写迎风摇曳的新篁。一定要借外界的景物来写我胸中的境界，那么像寂寞哀愁的心情就不宜写浓丽的春景，欢欣鼓舞的情绪就不宜写荒寒的深秋，勉强要抒写，一定要失掉自然界的真实景象了。最好是用寂寞哀愁的心情来写荒寒凄冷的景象，用欢欣鼓舞的情绪来写浓丽芊绵的景色，这才是心境交融，既不失掉自然的景象，更足以表达作者的心情了。

从这里可以看出一点，就是不仅胸中的心境有着感情的色，有愁苦欢愉愤怒悲哀等的不同，就是外界的景物，咱们一向认为没有生命的，没有感情的，其实它们却和心境相似，同样构成一种境界，同样具有一种感情的色彩，一种情调。咱们姑且不管外界的景物有没有情感，可是就它所构成的境界看，既然和心中的境界同样地有种种不同的变化，这种变化，在某种场合又是非常密切地相融会着，像前说的荒寒阴冷和寂寞哀愁那样，那么咱们就说外面的境界和心中的境界同样染有感情的色彩也不为过了吧。认定了这一点，于是在欣赏外界的景物时，全神凝注来玩味它所具有的情调，忘掉了自己胸中原有的感情，让外界景物的情调来唤起自己胸中相应的感情，达到情境融会的境界，能够描写出那样境界的画，才算达到了登峰造极的地步。

这种境界和前一种境界不同的地方，就在于前一种境界是用主观的感情加到景物上去，景物本身未必具有那种情调，不具那种情调而强迫渲染上去，终觉得不自然。至于后一种境界，是以景物为主，对景物的认识最为真切，那么所描写出来的当然更合于自然，就描写景物说，自然要认做一种顶高的境界了。

文章和绘画的理论在有些部分是相通的，就写景说，尤其可以借绘画来做说明。绘画的第一步是要求逼真，画得和真景物一模一样。写景文同样要求“状难写之景，如在目前”（梅圣俞语）。把景物写得和真的一样，使人读了，就好像在眼前呈现出那一幅景象似的。要做到这一步，就得抓住明晰的意象，用最足以描状那种意象的词句把它表达出来。像“潭中鱼可百许头，皆若空游无所依；日光下澈，影布石上”（柳宗元《小石潭记》）。这几句是写潭水的清澈见底，“空游无所依”，“影布石上”，不是把清澄的潭水如在目前地描状出来吗？“潭西南而望，斗折蛇行，明灭可见”（同上）。写泉水的曲折蜿蜒，站在潭上望去，因了它的曲折，望得见泉水的一段，就见得水面映着日光的明耀，望不见泉水的一段，就感不到这种耀光，这样一明一暗，把蜿蜒曲折的泉水景象明晰地描状出来了。

绘画除了逼真以外，如前所说，一种是写出胸中的境界，在文章中，这一种境界，就是所谓“感情移入”，把外界的景物人格化，于是花也会溅泪，鸟也会惊心。像鲁迅的《秋夜》里所写的，星会睒冷眼，天会想离开人间而去，粉红色的小花会瑟缩地做梦，枣树会知道秋后要有春，春后还是秋，枣树枝会欠伸得很舒服，会护定从打枣的竿梢所得的皮伤，会直刺着奇怪而高的天空。像这样，把自己的情感染上外界的景物，借外界景物来写出自己胸中的境界的，在抒情文中到处可以看到。花还是盛开的花，鸟还是鸣春的鸟，不知经过了多少诗人的赞美，可是在国破身流离的杜甫看来，就见得“感时花溅泪，恨别鸟惊心”了。

其实花鸟是不会有国破身流离的感觉的，自然更不会溅泪和恨别了。同样，枣树虽然到春天会长出绿叶来，其实也不会有“秋后要有春，春后还是秋”的哲人的感觉的。所以这种“感情移入”实际上还是作者主观的抒情，这种情和外界境物原是不相干的。

把不相干的感情，加到外界的景物上去，要叫花溅泪，叫鸟惊心，不将成了痴人说梦吗？可是杜甫的诗却成了传诵的名句，为的是什么？原来文章是生活的反映，咱们还得从生活中去理解它。杜甫是一位热情的诗人，“叹息忧黎元，终年肠内热”，他是为了当时民生的疾苦而叹息忧伤的，他是能够替民众喊出他们所感受的痛苦的。当唐朝经历了天宝的大乱，老百姓遭受了战争的苦难，城市本来是人烟稠密的所在，现在却见得“城春草木深”了。人民的流离死亡，造成了这种战后的凄凉景象，因此对于春天的自然景物，不但无心玩赏，反而激起悲哀，于是感到花能溅泪，鸟也惊心了。这原是他为了人民苦难发生同感时的真感情，这两句诗便是这种真感情的流露。它的可贵，就贵在有这种真感情，贵在这种感情是从感受老百姓的苦难中发出来的。要是没有这种感情，那么叫花溅泪，叫鸟惊心，真的成了痴人说梦了。再就枣树的知道“秋后要有春，春后还是秋”说，内中含蕴着一种哲理，一种对于人生的看法，这种看法，使人们能够有勇气来迎接苦难的现实，看到未来光明的远景，所以是可贵的。可见要写这种“感情移入”的文章，原是有先决条件的，要写得好，还得从生活上用力。养成对生活的正确看法，养成高尚的情操，才能发出真挚的感情，用来移入外界的景物上去，才有意义。

像前说的对枣树的看法：可见外界的景物会得激起哲人的思想。像孔子有一次站在水边叹道："逝者如斯夫，不舍昼夜!"这是因流水的不停，感到时光的易逝，引起人生短促的悲哀。又一次孔子说："仁者乐山，知者乐水。仁者静，知者动。"孔子从山的宁静不变中，看出仁人的德性；从水的流动不息中，看出智者的明慧。孔子又说："山梁雌雉，时哉时哉。"赞叹那只雌雉的警觉，"色斯举矣"它看到人们的神色不对就飞去了。这种警觉性正好触发"时哉"的叹息，"时哉"就是认识时机，所谓"乱邦不入，危邦不居"的警觉性。像这种，从外界的景物中触发出一种道理来，是写景文的又一种。这种文章和"感情移入"的文章不同。移情作用是作者把自己的感情强移到景物上去，先有了感情，才有移情作用。从景物中触发出一种道理来，不是先想着了这种道理，再把它来配合到景物上去，是看到了那种景物，从景物中触发出来的。可是就景物的本身说，山的宁静并不是仁，水的流动并不是智，从景物中看出道理来，这种道理和景物本身原是不相干的。所以也算不得是情境相融会的境界。

从景物中看出道理来的写法，也和各人的生活密切相关。生活的经验越丰富，对人生的理解越深入，越容易触发出种种道理来。所触发出来的道理究竟是肤浅的还是有价值的，就决定于对人生理解程度的浅深。缺乏深切的理解，袭用老生常谈来算做对景物的触发，就未免要陷于陈腐的弊病了。

对着景物时，暂时忘却心头悲欢愉戚的感情，也不作理智的追求，把心力凝注在景物的赏玩上，认清了景物本身所具备的情调，让它来唤起心中相应的情感，把这种境界写出来，才算是情景的融会。就情景的融会说，讲得顶透彻的是钱默存先生的《谈艺录》，《附说九》里曾说到温飞卿的“《晚归曲》，有云：‘湖西山浅似相笑’，生面别开，并推性灵及乎无生命知觉之山水。与杜牧之《送孟迟诗》之‘雨馀山态活’相发明矣。”“更如‘水流心不竞，云在意俱迟’，此诚情景相发。”“抑所谓我，乃喜怒哀乐未发之我，虽性情各具，而非感情用事。乃无容心而即物生情，非挟成见而执情强物。春山冶笑，我只见春山之态本然；秋气清严，我以为秋气之性如是，皆不期有当于吾心者也。”这是说，景物的本身是有性情的，要认识景物的性情，先要抛弃自己的感情用事，让景物的性情来激发我的性情，那样所产生出来的感情，才是情景交融。譬如春天的山，假定它有性情的话，那么它所表现出来的神态，是“淡冶如笑”的。所以“湖西山浅似相笑”，可说是把捉到了春山的性情。雨后的山容，像新沐一样更其焕发，所以“雨余山态活”也同样写出了它的神态。至于水虽然在不绝地流动，它的流动无论用怎样的速度，总之它是并非有所争竞的，和人的奔走活动完全不同。所以杜甫的“水流心不竞”正好描写出水的性情。这个不竞的心，就一方面说，原是水的不竞，就另一方面说，因了水的不竞，激发出人的不竞来，这才是情境融会，凝成一片了。至于白云在天，原无意于流动，故人的心意也跟着俱迟了。像这种例，才是作者的性情和景物的性情交相映发，融合为一。写景文到此境地，恐无以复加了。

上面所说的几种不同的写景文章，除了从景物中悟出道理来一种外，其余的求逼真、感情移入和情境融会三种，几乎完全和上面所说绘画的三种等级完全一样。不过也有一点不同的。绘画的看不起画得像，把它的品级放在最下。写景文却认“状难写之景如在目前”为了不起的工夫，这又是什么缘故呢？原来绘画所用的是色彩线条，是便于描绘景物的形象的，所以要看不起只讲画得像。文章所用的是字，不容易描写具体的形象，所以把写得逼真当做了不起的工夫了。再说情境交融的这一境界，原也是从生活中来的。只有生活的素养，能够达到避免感情用事的程度，把这种工夫用到山水的赏玩上，才能达到情境交融的境界了。

再就感情移入和情境融会两种境界说，正好和王静安《人间词话》中“有我之境”“无我之境”相当。词话中举“泪眼问花花不语，乱红飞过秋千去”为有我之境，说明“有我之境以我观物，故物皆著我之色彩”，不就是感情移入的说法吗？“物皆着我之色彩”就是把自己的感情硬加到不相干的景物上，花本无知，而硬要把它认做自己的同情者来问它，不是明证吗？词话中举“采菊东篱下，悠然见南山”为无我之境，说明“无我之境，以物观物，故不知何者为我，何者为物”。以物观物不就是让景物的性情来融会自己的性情吗？南山是悠然的，让悠然的南山来融会自己悠然的心情，不就是“以物观物”的情境融会吗？

（《**中学生**》，1948 **年第** 199 **期，原署名振甫**）

关于修辞

陈望道

“修辞”只是半句话。这半句话的上面，隐隐还含有更重要的半句话：“就意”或是“根据对于自然对于社会的认识”。全说起来，是“就意修辞”，或“根据对于自然对于社会的认识修辞”。“修辞”是一个古来的成语，若用现代的话翻译出来，就是调整语言。根据对于自然对于社会的认识调整语言，是我们日常说话时的一种事实，本来没有什么奥妙。然而一到作文，却未必人人都能够这样做，或知道这样做。许多奇事，就是从此发生。

第一，有人会把意和辞的关系割断，或把意和辞的关系倒转，不是“就意修辞”，倒是“就辞修意”。如张炎所说，做了一句“琐窗深”，觉得不合音节，就改作“琐窗幽”，觉得还不合音节，又改为“琐窗明”，就是一个顶明显的例子。

第二，既把意和辞的关系倒转，重辞不重意，就又有人把辞来分家。先把辞分成了口头语和书面语两家，又把书面语分成了古的和非古的两家。认做越古越好，就是越离实意实感越好。他们把“古”来叫做“雅”。会说“与其伤雅，毋宁失真”。有意地走上了把“幽”来说做“明”的道路。

学问上往往有许多出奇的事情，说来会教人不肯相信。如什么叫做语言，谁不知道语言是我说来给你听的。但在语言学史上对于语言的观念要进步到这个地步，可就不知道有多少年月。起初好像他们不知道语言是“说”的。所以他们找语言，一定要到现在已经不能“说”的古典上去找。这就是所谓“文献学”的时期。再进一步，他们知道语言是“说”的了，他们已经会到口头上去找活语言，但似乎还不知道语言是说给你听的，所以还只把一个“说主”放在眼里，个人主义的倾向极强，把社会的因子搁下不管。往往要把别人不知所云或与现实社会隔碍的当做偶像抬来教人礼拜。最后才进步到知道语言是“说给你听的”，把“听客”也算在里面。外国的语言学史是如此，中国的语言学史也是这样。到现在还未完全走到最后的一步。

修辞上的情形和这一般的语言观念的进步有着血肉的关系。对于语言不知道是“说”的，对于辞就也不知道像“说”一样的去“修”。对于语言还不知道是“说给你听的”，对于辞就也不知道像“说给你听的”一样的去“修”。要修辞不出奇事，我以为第一步还在知道“说”，知道学“说”。尤其要留心本地话。现在大家都在干“读书运动”，劝人读好的书，我以为本地话就是一部顶好的“没字书”，应该列入甲等，首先精读。

本地话的条理一定是自已很熟悉，本地话所含的语言现实内容也一定是自己很明白。如何运用语言来表现所要传达的意思，那种方法也必很容易学习。学得那种方法以后，学别的话、学古文以至学外国语的修辞就可以有个根柢。无论用词造句，都会有尺寸起来。

修辞本来没有什么奥妙，经过一番努力以后，一定更会把所谓奥妙看穿。要了解语言的神髓，这是总的近路，不止修辞而已。

（《中学生》，1935 年第 56 期）

语文与经验知识

冯三昧

《法言·问神》，“言心声也，书心画也”，意思就是：语文是代表心里的意思的一种符号，只要听了他的说话或读了他的文字，就可知道他意思的所在。其实一个人的意思，用语文来表现，听取的人又从语文中去领会他所表现的意思，转辗递传，其间是难免有某距离的间隔的。我们所要表示的意思，是否能用贴然无间，铢两悉称的语文来表现，固然大有问题；听取的人是否能从这语文中不折不扣，如实体会他所表现的意思，也是不无疑义。福罗培尔[①]虽曾昭示我们，有过：

我们所要表现的事物，只有唯一的名词可以表出它；说明它的动作的只有唯一的动词；形容它的性质的只有唯一的形容词。我们不能不搜求这唯一的名词，动词，形容词，直到发现了才止，单单发现近似的词是不能满足的。

① 福罗培尔，现通译作“福楼拜”。

的话，但实际上，也颇难说。同一说话，仁者见仁，智者见智，便是说明语文是有弹性的。《孟子》："言近而指远者，善言也。"也正证明所言所指之间，有远近的差别。古来文字所以聚讼纷纭，各有各的诠释者，原因就在于此。近代文学上"语言的暧昧说"也就根据这理由而成立。

今年重理旧业，来金师任语文教员，虽是用尽心思，而学生的成绩总是好不起来，这是压在心头的一个重负，也是语文教员的共同苦闷。从前丏尊先生曾经为此写过一篇《我在国文科教授上最近的一信念》的文章，意思是要传染语感给学生，养成学生对语文的敏感。其实语感的滞敏，有关于整个的生活经验与知识，不是语文教学自身所能单独奏效的。从前有一个《谢庭咏絮》的故事，说的是晋谢安，在有一次家会中，适值天下大雪，谢安就指着雪为题，问他的侄儿长度侄女道蕴道：

"何所似也?"

长度首先拿起笔来写了"撒盐空中差可拟"的七字，而道蕴却认为不妥，立刻加以改正道：

"未若柳絮因风起"

这一对小儿女的答案，究竟谁好谁坏，我想读者一定比我清楚，用不到我再辞费了。从前有一位蒙馆先生叫小学生对对子，题目是一个"天"字，小学生整整的想了半天，总是对不上来。后来站在旁边的姐姐看了可怜，就用脚尖点一点地以示意，小学生知道这是给他的一种暗示，便很高兴的抬起头来对先生说：

"先生，有了：姐姐的脚!"

这一对小儿女的答案，究竟谁好谁坏，我想读者也一定比我更清楚，用不到我再说了。

但我以为这都不是语文问题，而是经验知识的问题。换句话说，就是对现实的认识问题。王阮亭说：

“咏物不取形而取神，不用事而用意。”

谢长度只认识了现实的外表，取其形而用其事；而谢道蕴却能深入现实，取其神而用其意，结果就从认识的浅深上，产生出不同的看法，和不同的语句来了。贺铸《青玉案·春暮》：

试问闲愁知几许？一川烟草，满城飞絮，梅子黄时雨！

又将满城飞絮来比微妙而不可捉摸的愁绪，自然又是一种看法了。至于后举的小朋友，他根本就没有“天”“地”的观念，所以只好从亲近熟悉的所见中，举姐姐的脚为对了。

语文通过我们的视听所能给予我们的，只是一种漠然的意象或观念而已，而语文的妙用，却往往在意象观念以外，另有其暗示的意味。语文所代表的意象和观念，即字典义，是人人所同的；由暗示所引起的言外之意，即引申义，却是个人的，它的意味可随人的经验知识而不同。所谓“好书不厌百回读”，“旧书常诵出新意”，就因读者的经验知识随时都在增加的缘故。但这毕竟是经验知识的问题，不是语文本身所能单独为力的。语文教员除教学生多读名作，广储语汇以外，还要督促他们从现实中吸取各种活的经验与知识，其责任的艰巨，就可想而知了。旧诗：

一片一片又一片，两片三片四五片，六片七片八九片，飞入梅花都不见。

就字面说，是小学生都能懂得的，但它所表现的意境，不一定是小学生所能领解罢。又如：

樵客出来山带雨，渔舟归去水生风。

文义虽极浅显，而格调高远，也非一般青年所易领悟。语文的意义虽可因辞书字典的保存而独立的存在，但它所引起的反应，却常伴着一己的经验知识而有或广或狭，或深或浅的区别的。“鸡声茅店月”的“鸡”字，字典上只有“吉惊切，音稽，齐韵；最普通之家禽也”等简单无聊的解释。然它在本句中的作用和意味，不仅是要唤起读者对于家禽的漠然的意识，而是要吟味者由这鸡字忆及“喔喔”而啼的鸡声，再由这鸡声而联结到经验过的种种事实和情感上去。鸡啼多在天将晓的时候，这是大家都知道的，但你如果在农村里生活过，一定会有午鸡长鸣的经验，所以前人诗中又有“饭香时节午鸡啼”的句子。这原都是属于听觉方面的事情，然由于这听觉的经验，又会联想到“曙色”和“午景”之类，这就由听觉而展延到视觉上去了。晓是凉爽的，午是温暖的，又从晓色午景等视觉方面而扩大到触觉方面去了。“鸡犬相闻”是象征着居人的，又引起了“人烟”或“与人相接近”的意识。鸡声常从深夜不寐的时候传入耳际，因此又想念到离情别绪，于是百感交集，种种往事都一齐的涌上心头，而这鸡字的意义与价值，也就因了和他联结的感觉和情趣的递增而愈益扩大了。因此我们可以得到一个原则，即语文在生活经验上所引起的联结的范围愈广，它的意义和价值愈大。

但人类的经验，因时地而不同，语文的意义与价值也有时代性与地方性。“龟”在中国古代，是被尊为灵物之一的，唐代五品以上的官员都拿龟做标记，名为“佩龟”。当年李白从四川到京师，贺知章在客店的招待席上解金龟以沽酒的，就是这佩龟了。李商隐诗：

无端嫁得金龟婿，辜负香衾事早朝。

也是指这佩龟的贵人而言。陆龟蒙，李龟年，王龟都拿龟来命名。宋朝也还有过杨龟山和王龟龄，以后就少见了。相传元代就有以龟骂人的习惯，明陶宗义《辍耕录》载金方所嘲某大家诗云：

宅眷皆为撑目兔，舍人总作缩头龟。

俗以兔子望月而孕，撑目兔，犹言其妇不夫而孕；而缩头龟就是世俗骂人纵妻行淫也，所以后世都讳言龟。但是日本人因为受中国古文化的影响，直到现在还是“龟太郎”“龟次郎”的以龟为名。而各公园的池沼里也还养着许多供人观赏的灵龟，屐齿所经，常可听到“扑通”“扑通”的龟的落水声。“鹃”是一种不善营巢的鸟类，相传为古蜀帝杜宇的灵魂所化，故曰杜鹃。又名子规，以其鸣声凄厉，能动旅人归思，亦曰思归。故杜鹃在中国的旧诗文中，都象征着哀思愁绪，而在日人的作品里却又并不如此。因之杜鹃一语在国人与日人的经验中其所占的地位与价值也就大有出入。

人类不但具有联想，同时也有回忆，因此某一部分语文又与它的来源和历史有关。“王谢”二字，原只是极寻常的两个姓氏，但因他们在六朝时世为望族，也和现在的孔宋一样，就随伴着豪门的意味，而与普通的姓氏不同了。后来时过境迁，经过刘梦得的“朱雀桥边野草花，乌衣巷口夕阳斜，旧时王谢堂前燕，飞入寻常百姓家。”的描写，和羊士谔的“山阴道上桂花初，王谢风流满晋书。”等题咏，又觉一代豪华，盛衰无常，不胜今昔之感了。又如“黄粱一梦”本是唐沈既济《枕中记》里的一段故事，因为它里面所记的都是过眼烟云的富贵荣华，后世就拿它和人生的虚空联结起来，成了人事无常的典故了。从前文人动辄引经据典，就由于这心理。他如表示死亡的“崩”“薨”“终”“死”和表示葬地的“陵”“墓”之类，在古代都有过严格的阶级区别，现在却因社会思潮的洗炼而淘汰尽净了。所以有人讥议中山陵的“陵”字，以为有背孙先生平等思想的遗意。但这一种语文与读者的历史知识大有关系，不是每个人所能懂得。所以它的意义与价值也远不如由经验所引起的来得普遍而广大。

至于有关地理知识的，自也不乏其例，旧小说中描写行军，每用“尘头起处，来了一彪人马”等字样，杜甫

《兵车行》：

车辚辚，马萧萧，行人弓箭各在腰，爷孃妻子走相送，尘埃不见咸阳道。

这在久居江南的人看来，也颇难得确解。北方地干土松，人马所过，尘沙飞扬，原属常事。但在江南就少此等现象，自然也少此等描写。又如陈陶《陇西行》：

誓扫匈奴不顾身，五千貂锦丧胡尘，可怜无定河边骨，犹是春闺梦里人。

要是不明关西的气候和地形，也难了解“貂锦”和“胡尘”的真义。可惜几千年前的历史悲剧，现在又重演于无定河边，不知又有多少春闺少妇，要在甜蜜的梦中洒辛酸的泪了。《明诗别裁》载区用儒家人初至京师，置酒亭中对雪，其二联云：

不知燕地雪，犹讶故园梅，玉袖承花出，珠帘卷絮回。

区，海南人，海南无雪，故有此作。又王维《洛阳女儿行》：

良人玉勒乘骢马，侍女金盘脍鲤鱼。

不是到过汴洛，尝过黄河鲤鱼的风味，是不会知道鲤鱼的可贵的。还有许多外来的语言，如：

月黑雁飞高，单于夜遁逃，欲将轻骑逐，大雪满弓刀。

的“单于”，如：

北斗七星高，哥舒夜带刀，至今窥牧马，不敢过临洮。

的“哥舒”，以及目下所流行的“淡巴菰”等，要是不知道它的来源和本义，也就难于索解。近来报上常有关于“优昙钵花”的记载和图片，这于“昙花一现”的语文的了解上是有极大的帮助的。

中国语是属于单音语系的，故以一语一音一义为原则。实则中国语中，也不乏拼音的例子，如不律为笔，窟窿为孔，於菟为虎，之于为诸，以及新生的未曾为𣍐，不要为𫠹等（义乌人呼赤岸街为川街当亦属此），只是少人注意罢了。中国语的语义，视位次而决定，无形态的变化，如“春风风人”“夏雨雨人”，名词动词，全无区别，故在语言学上又称之为位次语。因之它的意味和词品的确定，除上述的经验知识而外，也有因上下文的包晕而来的，兹为方便起见，且把胡以鲁氏《国语的草创》上的话，直钞在此，以代我自己的说明。

意味之感，意识中之一种特殊元素也。借想或类推作用彼此相连，或彼此相限，起意义上包晕之感。如吾云“人”，口中起“人”之发音运动，脑中即起“人”之意识经验。发音之“人”同经验之人视其词句之关系，而意可异。如云“患不知人也”，对己而称他人，三人称也。“过也人皆见之”，有皆以限之，多数也。《硕人》诗赋卫庄姜，可知其性为阴，其位为呼也；而动词之时，法，气，亦可于句中觇之。不宁惟是，“不知人”之“人”，称伟人也，与“人皆见之”之称常人者有辨。更以修辞的言之：人不限于三人称，如“哲人其萎乎”，孔子自谓；“斯人也而有斯疾也”，则对称伯牛也。若是所附加之意识，为一种积极特殊之感。

以上所述，关于语文自身者少，牵涉人事经验者多，如要做到“言为心声，书为心画”，以语文为表现，由语文而领解的话，非由上述诸端入手不可。换句话说，就是非有丰富的经验知识与语文相配合不可，语文教员只能负其部分的责任罢了。语文教学的困难在此，其关键也就在此。

（《中学生》，1948 年第 195 期）

词语的描写

周振甫

刺激我们感官的事物，要是能够在我们的感官里产生强烈而鲜明的意象的，那些事物本身往往构成一种优美的境界，具有鲜艳的色泽和动人的情态或声调。总之，它的本身是美的，所以能够具有感动人的力量。用词语来把这种意象表达出来，就得运用描写手法，才能抓住这些意象的美。

像“山高月小，水落石出”（见苏轼《后赤壁赋》），是描写出一个初冬的境界。在深秋和初冬的季候里，树叶是黄落了，山容是更显得瘦削了，瘦削了以后就给人高耸的感觉。说“山高”就把这种感觉抓住了描写出来。所以说“山高”和“高山”的感觉完全不同，高山是高的山，着重点在山，只是表达一座高山的意象。山高是山给人的感觉高了，着重点在高。山仍旧是以前的山并不曾变高，所以感觉高，就为了山容瘦削了，节候到了初冬了。再看“月小”。秋冬间气候高爽，没有低气压，给人以天高的感觉，所以杜甫有“风急天高猿啸哀”的诗句。天高了以后，月自然也高了，月高了，自然感到比以前小了。倘把山高月小和水落石出连起来看，山是瘦削了，水是浅了，假如把这两句当做一幅画看，以前树木葱茂江水高涨的时候，这幅画面是浓重的，它的空隙比起现在来要小得多。现在空隙大了，所以也见得月比前小了。在前面，我们说山高和高山不同，虽是不同，可是我们还可以把山高倒过来说做高山。可是月小便不同了，我们不能说小月。因为山不止一座，所以有高低，月只有一个，不能有大小。除非我们把月字的意义变了，变成一年十二月的月，才可以有大小。高和小既是一种感觉，不是实际上的高和小，抓住了这种感觉，把这个深秋初冬间的境界表达出来，便完成了描写的功能。

“山高月小”是描写句，它的构造方式是把形容词放在名词后面，所以这些形容词也叫描写词。它和放在名词前面的形容词就词品说并无不同，就感觉的表达说就有些不同了。就我们口头上说的话来看，像“天热”和“热天”不同。天热是指我们对于天气的感觉，所以即使在秋天或春天，只要我们有天气热的感觉，都可以说天热。可是热天通常专指夏天，过了夏天，即使初秋的天气还是很热，可是我们不能叫它做热天。再像“大地”和“地大”，大地是指我们所住居的地球，地大是泛说地面的广大。从这里再可看出一个分别，就是把形容词放在前面，往往有所专指，像热天指夏天，大地指地球，意义确定。即无所专指的像高山，它的意义也非常明确。可是把形容词放在后面变成了描写句，特指的都变成了泛指，明确的都变成了不明确，地大究竟是指哪一块地呢？天热究竟是指哪一天呢？光说地大天热有什么意义呢？除非再加说明，说“我国地大物博”，“今天很热”，这样意义才明确。这样说，把形容词放在名词后的描写句，它的意义是不明确的了。可是把几句不明确的描写句联在一起，却又能构成一个极明确的境界，极优美的画面，极富有诗意，极耐人寻味，“山高月小”不就是最好的例子吗！可见用描写词有两种方法：一种是把上面的名词交代清楚，像我国地大物博，把地大的地字交代明白。还有一种是把几个描写句连在一起构成一个境界，后一种给人的印象尤深，尤其富于描写的功用。

再看“水落石出”，和“山高月小”合起来描写出一个初冬的境界。长江里的水，到了初冬的季候，水位低落了，本来隐蔽在水面下的山石都显露出来了。这两句正好把初冬的意境恰恰描绘出来，所以这句也是描写句。它和山高月小的不同，就是高和小是形容词，落和出是动词。本来名词和动词所结合成的句子称做叙述句，主要在于叙述一些事情，不在描写，这是就大体说的。可是在有些场合，形容词和动词的界限并不明确，就像山高月小，并不是说山是高的，月是小的，是说山在感觉中变成高了，月在感觉中变成小了，既有变成的意思，那也就含有动词的意味了。再如水落石出，并不是说作者看到水在落下去，石在露出来，是作者经过了第一次的游赤壁，到第二次再来时，看到江水比第一次所看到的低落多了，山石比第一次看到的露出多了，所以水落石出就是水低石显，那么落和出虽是动词，在这里却富有形容词的意味，所以也可说是描写句。

说水落石出是描写句，是就落和出有形容词的意味说的。其实没有形容词意味的动词，放在名词后面所构成的语句，也可以做描写句，只要它在文章中处在描写的地位就成。像“划然长啸，草木振动，山鸣谷应，风起水涌”(见《后赤壁赋》)。这里“振动”和“鸣”“应”“起”“涌”都是动词，这几句都是用动词做谓词的句子，可是在这篇文章里，它们是用来描状长啸后的情状的，也可以说是用来描写长啸的。是怎样的一种长啸呢？是使草木振动，山鸣谷应，风起水涌的长啸。这几句又构成一种使人惊心的境界，和山高月小那种高旷的境界又不同了。不过有一点是相同的，就是这种语句要是孤立起来是意义不明确的，说山高不知指的是什么山，说山鸣同样不知所指，只有把山高和其他相应的描写句连起来才能描写出一种境界，也只有把山鸣和其他相应的描写句连起来才能完成描写的功用。

动词用做谓词，除了像上举的句子中可以当作描写词外，即在孤立的句子里也可以用做描写词，像“他的举动很可笑”，“这件事情真难办”，“这点钱不够用”，“小菜不中吃”，“话不好讲”。这里的几个动词，本来都是及物的，可是它们所及的事物反而放在它们前面，原是笑他的举动，办事，用钱，吃菜，讲话，现在把所及的事物放在前面，又用“可”“难”“中”“好”这些字来和动词相结合，才构成它的描写作用。他的举动是怎样的，是可笑的，这件事情是怎样的，是难办的，这样，动词便变成描写词了。

除了动词和形容词外，副词也富有描写作用。像一种是摹仿自然声音的，一种是描写动作情态的。拟声的像“呦呦鹿鸣”（《诗》），“击鼓其镗”（《诗》），呦呦描状鹿鸣的声音，镗描状击鼓的声音。再像“雄鸡喔喔啼”，“哈哈大笑”，这种拟声词的作用，使读者获得一种非常亲切的感觉，好像亲自听到一般，就这一方面讲，文字可以给人以声音的感觉，那是图画所不能企及的地方。试单就上举的摹声词来看，一种是叠字，一种是单字，用叠字来摹声，不一定要另外的字来做帮助，可是用单字就不同了。像“击鼓其镗”，镗字前面用了一个其字，这好比我们说“铛的一声响”，“嗤的一笑”，在摹声字下面加了一个的字一样，不过其字加在上面，的字加在下面罢了。要是把铛字改成丁当，那只要说丁当一声响，把嗤字改成扑嗤，那只要说扑嗤一笑，便不用再加的字了。在击鼓其镗里，要是把镗字改成镗镗，那只要说击鼓镗镗，也不用加其字了。这点小小的差异，完全由于音节关系，在音节上读起来觉得击鼓镗不顺口，所以加进一个其字，铛一声响也是一样。有时为了音节上的需要，复字的摹声字同样加上附带的字，像“扑嗤一笑”也可说成“扑嗤地笑”，“哈哈大笑”也可说成“哈哈地笑”便是。摹声词还有连用单字和叠字的，那因为声音有简单的，有复杂的，摹仿简单的声音，用一个字或两个字组成的叠字就够了，要是摹仿比较复杂的声音，就得用几个不同的字才够，像丁当、丁丁当、哗喇、哗喇喇、唧碌、唧碌碌、唏唏哈哈、咕咕呱呱等都是。

在诗歌里，往往为了采用摹声词的关系，选用和它的情调相谐和的字，来组成语句。像白居易的《琵琶行》里，描写初弹琵琶时的幽抑的声音和忧郁的情调说："弦弦掩抑声声思，似诉生平不得志"，用思志作韵，句子的声调也同样低抑。到"轻拢慢撚抹复挑，初为霓裳后六幺"，那时的弦声不再低抑，所以用挑幺做韵，句子的声调也跟着轻快了。接着"大弦嘈嘈如急雨，小弦切切如私语"，这里嘈嘈切切都是摹声字，为了配合切切私语的情调，所以韵也低沉了。到"间关莺语花底滑，幽咽泉流冰下滩"，间关幽咽也是摹声字，这时由轻快转到冷涩，所以说"水泉冷涩弦凝绝，凝绝不通声渐歇"，弦音从冷涩到渐歇，故句子也转到短促的入声韵了。琵琶声从极低转到极高，便说"银瓶乍破水浆迸，铁骑突出刀枪鸣"，又转到昂扬的庚韵了。到最后"曲终收拨当心画，四弦一声如裂帛"，弦声霍然中止，诗句也转入急促的入声韵了。随着弦声的抑扬疾徐，不但摹声字跟着变，就是韵脚也跟着变，不但韵脚跟着变，就是那些句子的声调也跟着变。这样，才可以加强摹声字的功效到形容尽致的地步。

再就描写动作的情态副词说，一种是附在形容词后面的，像乱烘烘，冷清清，香馥馥，碧茸茸，暖溶溶，昏惨惨，白茫茫，静悄悄。一种是附在动词前面的，像怔怔想，生生作践，巴巴望，"余亦悄然而悲，肃然而恐"（《后赤壁赋》）。这种情态词把形容词和动词的情态鲜明地描绘出来。光说乱，不明白是怎样的乱法，加了烘烘两字，于是乱的情态便被描写出来了。光说冷说香，不知怎样的冷和香，加上清清和馥馥，便把冷和香的情态给描写出来了。是怎样的想望，是怔怔地巴巴地想望。是怎样的悲和恐，是悄然悲肃然恐，把想望和悲恐的情态都描绘出来了。

还有一种是放在动词后面，具有描写作用的，不过中间须用得字隔开。像“老得太快”，“看得很细致”，“讲得明白清楚”。在这里，本来是快走，细看，明白清楚地讲，是副词和动词结合成的词儿。可是把副词倒过来改做走得快，走本来是动词，改成走得，就是走的，指走这一个行为。它的词品由动词转成名词，它在句子中的地位由谓语变成主语，走得既转成快的主语，快便转成走得的谓语了。这样一来，快便含有形容词意味成了描写词。

描写动作情态的，除了上述的副词外，有时名词也具有副词的功用。像“虎踞一方”，“席卷天下”，“囊括宇内”，这些短语里的第一个名词，并不是下面动词的主语，不过是用来表达下面动词的情态，是像虎样的蹲踞，像席样地卷，像囊样地收括，它们的作用完全跟副词一样，所以也是描写动作情态的词。上面说副词可以倒转来放在动词后面，中间用一个得字隔开，那它便有形容词意味，成形容语了。这里的几个名词，既有副词作用，自然也可以倒转来，不过说法稍有不同罢了。像虎踞可以改作蹲踞得像虎一般，席卷可以说卷得像席一般便是。

总之，一切描写的词语，最主要的是要捉住鲜明强烈的意象，最能表达鲜明强烈的意象的，就是最好的描写词语。把握了这一个观点，从文法的角度中去看，就可以看到词语在描写上的变化和作用了。

（**《中学生》**，1947 **年第** 188 **期，原署名振甫**）

词语的情调

周振甫

你如果爱花的话，你看见了花，一定要仔细端相，不忍立刻离去。在你仔细端相时，呈现在你感官中的花，有色彩，有形态，有香味。也许你看到的是案头清供的花，那或许会唤起你惋惜的情绪，觉得把这些好花攀折了实在是罪过。也许你看到的是水边林下的花，那自然更富有生意，更使你爱好。倘那是傲霜的黄菊，冲雪的寒梅，更使你感到它们的秉性坚贞，像高人隐士一般，于是使你想到陶渊明的爱菊，林和靖的爱梅，觉得它们就是一种清高人格的象征。这样，呈现在你感官中的花，不但有色彩形态和香味，还能唤起你复杂的情绪。有时你读名人咏那些花的诗文，会重新唤起那种情绪，那些花的色彩香味，以及适宜的情境，孤高的风格，会一一涌现在心目中。凡是能唤起你种种复杂情绪的词语，可说是富有情调的词语了。

前面既谈到梅花，就举出传诵顶普遍的咏梅诗来说说吧。咱们知道林和靖爱梅，所以他对于梅花的认识也顶真切，他的《山园小梅》诗就是能把顶真切的认识表达出来的作品。那诗是："众芳摇落独暄妍，占尽风情向小园。疏影横斜水清浅，暗香浮动月黄昏。霜禽欲下先偷眼，粉蝶如知合断魂。幸有微吟可相狎，不须檀板共金樽。"

在这里，作者把梅花的风韵完全描绘出来了。梅花要是像盆栽那样扎成枝条曲屈的形态，那就成了龚定庵所记的病梅，失去了自然。一定要听其横斜，才显得姿态的美。有了自然的姿态，没有相宜的环境，还是美中不足。清浅的水边才是顶相宜的。横斜的疏影，倒映在清浅的水里，更见得姿态的美妙。此外，梅的香味是淡淡的，色调是淡素的，所以作陪衬的最好是朦胧的月色，才和梅花浅素的色调相合。所以疏影横斜和暗香浮动，再衬着清浅的水和昏黄的月，就把梅花自然淡素的风韵描绘出来了。所以这里疏影的疏，并没有稀疏不足的意思，暗香的暗，并没有黑暗的意思，另外表达出一种不尚繁秾倾向淡素的情调。横斜并没有不整齐的意思，浮动并没有不安定的意思，另外表达出一种自然的姿态和淡雅的气味。清浅并非指不深厚，黄昏并非指月色不明，是用来表达出最足以衬托梅花的情景和色调。像这样看来，上举的词儿，它们本来的含义都不一定是美的，并且有些词还含蕴着种种不好的意义在内。可是经过了诗人的安排，就汰去了不好的意义，转变成另一种意义，把黑暗的暗结成暗香，变成使人在不知不觉中感到的一种香味，把稀少的疏结成疏影，正描出自然横斜的姿态。词语经他一洗炼，便能反映出一种淡素清高的情调，描绘出梅花的风韵来了。

此外如霜禽的霜，不是指霜雪的霜，是像霜鬓的霜，指羽毛的白。粉蝶的粉也是指白，用来陪衬梅花的素色。霜禽偷眼，粉蝶断魂，显得梅花品格的清高。所以也只有微吟可以和它相配，用不到尘世的檀板金樽了。檀板金樽其实不一定限于檀板金樽，只是用来指世俗的歌筵舞席。像这样，诗中所用的词语，不限定于词语本身所含蕴的意义，另外用来表达一种情调，可说是富有情调的词语了。

这样的词语，在口语里同样流行着。譬如咱们反省自己这一个民族的弱点，只知享受现代的物质文明，却不肯迎头赶上，因此说“中国人真聪明!”这里的聪明是指取巧不肯努力的意思，这样说法，把说话的人那种不满意的神情也表达出来了。再如反过来说：“西洋人真傻!”那就有肯努力实干，不怕失败等意思在内。

用词语来表达情感，原有多种方式。像上举一例中，是有作者高洁的情操渗透在那词语里的。情操是一种理智化的情感，比起情绪来，后者好像潮水，来时虽然非常汹涌，可是过了一阵就会平息下去的。不比情操是有持久性的。像道德的情操，如正义感，人格等等都是持久不变的。林和靖具有清高的人格，这种人格从咏梅诗里透露出来，所以这首诗里含蕴着一种道德的情操。试再举出鲁迅先生的《秋夜》来看：

鬼眏眼的天空越加非常之蓝，不安了，仿佛想离去人间，避开枣树，只将月亮剩下。然而月亮也暗暗地躲到东边去了。而一无所有的干子，却仍然默默地铁似的直刺着奇怪而高的天空，一意要制他的死命，不管他各式各样的映着许多蛊惑的眼睛。

在这里，作者似乎借枣树的高枝直刺天空，来表达出一种嫉恶如仇的正义感。它的写法又和上举的诗不同。把星星比做鬼睒眼，比做蛊惑的眼睛。把蔚蓝的天空说成有感觉，说它不安，说它想逃避。把月亮说做会躲避。把枣枝说做会直刺天空。这都是一种拟人的写法。

照理，鬼睒眼和天空是连不起来的，天空和越加不安也连不起来的，这样看下去，这里的句子，几乎都是一样，把连不起来的一切连在一起。怎么会把连不起来的连起来了呢？那就是一种印象的写法。尽管天空里没有鬼睒眼，可是在作者的感觉里，看星星的闪烁像鬼睒眼，就不妨说鬼睒眼的天空了。尽管天空没有感觉，可是在作者的印象里，认为天空越加不安，就照样说了。一切依着自己真切的感觉写，不但人家读了不会感到不合理，并且会唤起像作者所具有的那种对于秋夜的印象。

要使读者能够唤起强烈的印象，所用的词语愈含蓄愈有效果。像疏影横斜一联，含蕴着梅花的姿态，香味，情境，富有余味。另有一种含蓄有情味的词语。像陆游的《宿枫桥》诗："七年不到枫桥寺，客枕依然半夜钟。风月未须经感慨，巴山此去尚千重。"这首诗是陆游在入蜀时路过枫桥留宿舟中所作。枫桥寺就是唐朝诗人张继诗里的寒山寺。张继的诗是"月落乌啼霜满天，江枫渔火对愁眠。姑苏城外寒山寺，夜半钟声到客船。"陆游诗里的客枕依然半夜钟，就是联想到张继的那首诗而说的，所以读到了陆游的诗，不仅唤起了睡在舟中的远行客，在半夜里被钟声惊醒的情境，并且还唤起了月落乌啼的景象。

陆游那时是在入蜀的旅程中，可是他用巴山来代替蜀，就使人想到李商隐的诗："君问归期未有期，巴山夜雨涨秋池。何当共剪西窗烛，却话巴山夜雨时。"那是回答一位朋友询问归期的话。当李商隐接到那位朋友询问的信时，正碰到他住居的巴山那里下着秋雨，下得涨满了池塘。因此他回答朋友道：几时当和你在西窗下剪烛长谈，讲讲今天巴山夜雨时，接到你询问归期的信的客中情绪。在这里，写的是一位旅居在外的客子，当着连绵秋雨的时候，本已引起思乡的愁绪，那堪又接到友人催归的信呢！于是乡愁重重，欲归不得，在无可奈何中只好假想有一天回到家乡，再回想今天的情景，那时才真快活哩。所以在那首诗里，虽没有乡愁等等字眼，可是他所含蕴着的乡愁实比说出来的更深。明白了这点，再来看"巴山此去尚千重"，那么欲求到巴山，尚不可得，到了巴山，还不过像李商隐一样的乡愁重重，更何况在去巴山的旅程中呢？陆游是山阴人，他对于巴山和李商隐一样，同是客地，所以他引用富有联想的巴山一词，来表达无限的客愁。

像这样用了富有联想的词儿，来加强表情的效果的，在口语里也有。像说"我现在真的弄得围困牛头山"，表处境的窘迫。"他在摆空城计"，说人卖空买空。"说到曹操，曹操就到"，说正在讲起那个人时那个人就来了。

再就陆游的诗说，咱们看到作者怎样用半夜钟和巴山两个词儿，给读者很多的回味，为了这两个词含蓄着两首有名的诗，所以能够收到很大的效果。可是这首诗里作者所表达的还不仅这些，像“七年不到枫桥寺”，在作者说这话时，伴随着的是七年前到枫桥寺的印象，这个印象在没有到过寒山寺的人自然无法领略，就是到过寒山寺的人，要是没有经过夜泊，仍旧没有领略到“客枕依然半夜钟”的情境。即使经过夜泊，要是没有离乡背井的客愁无限，还是无法了解不须感慨风月的心情的。于此可见读者对于作者的作品的了解是有限度的，超过了那个限度，就不易使读者了解，也失去了表达的效果了。

什么是了解的限度呢？同是看一张电影，有些人看了流泪，有些人看了并不深切感动，这种感动与否，和各人的遭际有关。处境贫困的人，看到了表演贫困的情节容易感动，处境优裕的人就不易感动了。被压迫被损害的人看到同样情节容易感动，享受到自由的人就比较隔膜了。这是无可如何的事。不过从这里也可看出，愈是富有时代性普遍性的题材，愈能为人所接受。像陆游的诗，要是给没有读过那两首唐诗的人看，就失去了它的效果了。

可是同一有时代性和普遍性的题材，有些能够使人感动，有些不能够，那就要追究到表情是否真切。表情真切自然生动，自然能够感动人了。戏剧这样，真的人事也是这样。像五四运动曾经震撼了全国的人心，现在的新五四运动更其是喊出了全国人要喊而不敢喊的口号，在这里沸腾着青年的热血，所以能够更深切地感动了全国的人心。咱们同时也看到了统治阶级发动的群众运动，又哪里有一毫生气，真和假的分别，一丝假借不得。文字也是这样，有真的情感才有感动人的文字。像描写秋夜，说天高气爽何尝不合，可是那种话已经给人说得烂熟了，便显不出你对于秋夜的真切的观照。像鲁迅先生说天空“仿佛想离去人间”，就不是泛泛的话了。只要有真切的观照，那么像说“鬼睒眼的天空”也好，说“睒着蛊惑的眼睛”也好；就是像冰心的《笑》，并没有用险怪的词语也好。《笑》里要描写作者对于三种笑的感觉说：“好似游丝一般，飘飘漾漾的合了拢来，绾在一起”。写出作者对于三种笑有着融合在爱的调和里的感觉。

《秋夜》描写的是作者的印象，为了秋夜这一个题材没有什么特殊之点，总是一种天高气爽，繁星满天，落叶寒林等景象，所以作者要是没有什么特殊的印象就可以不写。有了特殊的印象把它写下来，因了印象的特殊，词语自然就不免险怪了。这是就描写普通的题材说的。有时所有的题材本身是不平凡的，是不易见到的，那就只须把它平实地写出。像吴均的《与宋元思书》，写“自富阳至桐庐一百许里，奇山异水，天下独绝”。这一段山水，在作者眼里既是奇异的，天下独绝的，只须把它的奇异处平实写出，就足以表达出作者惊奇的情绪了，所以它写的是：“水皆缥碧，千丈见底。游鱼细石，直视无碍。急湍甚箭，猛浪若奔。夹岸高山，皆生寒树。负势竞上，互相轩邈。争高直指，千百成峰。”又说：“横柯上蔽，在昼犹昏。疏条交映，有时见日。”

把这些写山水的文句用来和《秋夜》里的相比，就显得是两种写法，这里写水写山写树，不用夸饰的拟人法，写水怎样就怎样，不像秋夜里把星写做鬼睒眼。写枝条就是横柯疏条，不像“秋夜”里写成铁似的直刺着天空要制他的死命。倘然《与宋元思书》也照《秋夜》那样写法，那一定不易使人了解了。

（《中学生》，1947 年第 189 期，原署名振甫）

词语和风格　（一）

刚健和柔婉，绮丽和平淡

周振甫

“人面仅一尺，竟无一相肖；人心亦如面，意匠戛独造。”（赵翼闲居读书作）这是说人的面貌虽同具五官，可是各不相像；至于各人所写的文章，那是凭着各人的情意所构成，各人的情意既和面貌一样各各不同，那么写出来的文章自然也各不相同了。人的面貌虽各不相同，可是在一位画家的眼中看来，许多不同的面貌未尝不可以分成几个类型，再用线条和彩色来描画出来，这样，便完成了一幅人像画。同样，每一位作家所写的文章虽各各不同，可是也可以按照那些文章所表现的风格，分成多少类，从词语的组织方面去探求各种风格的成因，使咱们对每一种风格的形成有一个比较清楚的认识。从词语的结构里去看风格，和画家从面貌上看到彩色与线条相像。

普通人看人家的面貌，只注意到外表是胖的，瘦的，美的，丑的。阅历多的人更可以从外表上看出那个人是诚朴的，浮滑的，柔懦的，干练的，深沉的，急躁的，虽然不一定准确，可是大体上是有这种感觉的。这种看法，是纯任直觉的。看文章也和这情形相像。普通人看文章，只注意到内容在讲些什么，好比看小说只注意到故事的发展。对于文章有修养的人，才能看到文章的好坏，感到它所表现的风格是刚健的还是柔婉的，是绮丽的还是平淡的，是简约的还是繁缛的，是缜密的还是疏野的，是质直的还是委曲的，是静止的还是流动的，是畅达的还是凝练的。像这种感觉，其实还是直觉的。从前顶会相马的九方皋，他虽会从一大群马中指出哪一匹是千里马，可是等到人家问他那匹千里马的毛色和雌雄时，他却回答不出来，原来他所注意的是千里马的精神。那也是一种直觉的看法，所谓“赏识于牝牡骊黄之外”，是历来文章家所乐于引用的话，用来表示对于文章风格的鉴赏。

这种直觉的鉴赏法，只有对于文章具有高度鉴赏力的读者才能感觉到。从牝牡骊黄之外去赏识千里马，平常人是办不到的。所以咱们需要探究风格构成的因素，从外表上去寻出千里马的特征，让一般人都能够看得出来。咱们试就词语的组织或其他方面来看风格，看看除了直觉的鉴赏法外，有没有别的解析方法可用来说明风格的形成。

先就文章风格的刚健和柔婉说，这就是清朝姚鼐所说的阳刚阴柔之美。姚鼐在《复鲁絜非书》里极力形状两者风格的不同，说阳刚的文章“如霆，如电，如长风之出谷，如崇山峻崖，如决大川，如奔骐骥……。”说阴柔的文章“如升初日，如清风，如云，如霞，如烟，如幽林曲涧，如沦，如漾，如珠玉之辉，如鸿鹄之鸣而入寥廓……。”他所举出的许多譬喻，依旧是一种直觉。对于分不清阳刚阴柔的风格者，依旧没有多大的帮助。后来有些人更把那两种风格说得神秘起来，像管同的主张贵阳贱阴，更其使人迷惑。还是曾国藩说得最清楚，在《求阙斋日记》里说："阳刚者气势浩瀚，阴柔者韵味深美。"这里说明所谓阳刚就是气势盛，阴柔就是韵味深。咱们听人家演讲，有时激昂慷慨，大声疾呼，使咱们的神经非常紧张，那种演讲就是气势旺盛的阳刚之美。咱们有时和知己谈心，娓娓不倦，那种清谈就是韵味深美的阴柔之美。在文章的风格上也有这两种，试举例来加以说明。

像贾谊的《过秦论上》开头说："秦孝公据崤函之固，拥雍州之地，君臣固守，以窥周室，有席卷天下，包举宇内，囊括四海之意，并吞八荒之心。"即就这几句看，使人感到那是属于刚健的风格。试就语句的组织看，便是：

主语——秦孝公（君臣）

述语——据崤函之固，

拥雍州之地，

固守以窥周室。

有席卷天下，

包举宇内，

囊括四海（之意），

并吞八荒之心。

主语只是一个秦孝公，下面一直贯注到并吞八荒之心，内中"君臣固守"一子句中的君臣，和主语"秦孝公"相应，应该合起来作“秦孝公君臣”。因为把这句简单化起来，就是秦孝公君臣窥周室，“据崤函之固，拥雍州之地”，和“固守”，不过表示在怎样的情形下窥周室，这三个短语实是给介词“以”连起来结成副词短语，用来形状动词“窥”的。所以在“固守”上加上“君臣”，不过因了前二短语都是五个字，“固守”只两个字，音节上太不谐和，因此加上两字吧？在这里，据崤函拥雍州是并列的。下面的动词“有”一直统贯四个形容词短语，是有“席卷天下”“包举宇内”“囊括四海”“并吞八荒”之心，这四个短语结合助词“之”转成形容词短语来形容“心”。像这样用单纯的主语来统贯繁多的述语，那述语又出于排比并列的形式，读起来自然也要一气从秦孝公贯注到心字，便见得文气的急促。再说，崤函是雍州的险要，所以据崤函就是拥雍州。“席卷天下”“包举宇内”“囊括四海”“并吞八荒”是四个同义语，意义完全相同。可见这样的复叠是作者故意如此，要用来加强语气。好比演讲者对于重要的话加以强调，往往说了又说，或者这样说了不算，又换一种方法说。这样反复说明，又是排列在一个单纯的主语下面，就构成了刚健的风格。

再看梁启超在新民说里的《论进取冒险》，内中说：“扁舟绕地球一周，凌重涛，冒万死，三年乃还，卒开通太平洋航路，为两半球凿交通之孔道者，则葡萄芽[①]之麦志

---

① 葡萄芽，现通译作“葡萄牙”。

伦[1]其人也。”试就这句的组织看，那是：

主语——（驾）扁舟

凌重涛，

冒万死，

绕地球一周，

三年乃还，

卒开通太平洋航路，

为两半球凿交通之孔道者，

述语——则葡萄芽之麦志伦其人也。

这句的主语是很复杂的，“扁舟”就是驾扁舟，在这儿省略了一个动词，也就是驾扁舟者是麦志伦，驾扁舟变成了形容词短语，一直贯注到“者”字上。“凌重涛，冒万死”，是讲在怎样的情况下绕行地球，应该是副词短语用来形状“绕”字的。不过把它放在“扁舟绕地球一周”后面，形式上好像和驾扁舟的子句并列，更增加主语的复杂性。至于“卒开通太平洋航路”，“为两半球凿交通之孔道”，也都变成了形容词短语，接在代名词“者”上。这样构成了复杂的主语。下面的述语却很简单，“则”作乃是解，是同动词，麦志伦是补足语，这句话简单化起来就是“怎样的人是麦志伦”。可是主语复杂了，读的时候不容你在主语中任何一个短语上停留，逼着你一气读下去，读到了麦志伦

① 麦志伦，现通译作“麦哲伦”。

才明白上面主语中所指的是谁，使你感到呼吸的促迫。所以也是一种刚健的风格。

再就上举的两句看，作者为了避免单调，有意把句子的结构做得参差一点。像在“固守”上面加“君臣”，在并列的“席卷天下”四语中第三语下加上“之意”，便见得参差了。又像“开通太平洋航路”和凿通两半球孔道本是并列的，可是作者却写成“为两半球凿交通之孔道”，便见得参差了。这两个短语又是一件事的两种说法，通航路就是凿孔道。这两语虽不写成对偶形式，可是“凌重涛，冒万死”，却是对偶的。像这样于整齐中见参差，以避免结构的呆板。更增加主语或述语的复杂性，使人读时不得不一气贯注，以收到风格刚健的效果。

再看冰心的《笑》，开头一段是“雨声渐渐的住了，窗帘后隐隐的透进清光来。推开窗户一看，呀！凉云散了，树叶上的残滴，映着月儿，好似萤光千点，闪闪烁烁的动着。”就句子的结构看，那是：

主语——雨声

述语——（渐渐的）住了，

主语——清光

述语——［从］（窗帘后隐隐的）透进来。

主语——［我］

述语——推开窗户一看，

主语——凉云

述语——散了，

主语——（映着月儿）［的］

（树叶上的）残滴

述语——好似（闪闪烁烁的动着）[的]

（千点）萤光。

把这里的句子结构和上列两句比较，就见得简单得多，读时更没有迫促之感，这就是这篇文章风格柔婉的解释。在这里还有一点可说的，就是照这里最后一句的排列看，比原来的句子要多出两个“的”字，显见累赘，不像作者原来那样安排得巧妙。

对于柔婉风格的形成还有一种说法。照从前人讲，大概多用虚字，就是助词介词连词的文章，风格大都柔婉。欧阳修的文章便是最好的例子，像《醉翁亭记》的用了许多也字煞脚，历来认为很有情韵的。不过欧阳修并不是不会写风格刚健的文章，他的《祭石曼卿文》便可证明，试再引一句：“其轩昂磊落突兀峥嵘而埋藏于地下者，意其不化为朽壤而为金玉之精。”它的组织是：

主语——[吾]

述语——意其　轩昂磊落

兀突峥嵘　而埋藏于地下者　不化为朽壤　而

[化] 为金玉之精

这里的主语简略到略去了，可是述语就复杂了，作为述语的宾词是一个完整的子句，子句里有并列的形容词短语“轩昂磊落”“突兀峥嵘”，而“不化为朽壤”与化“为金玉之精”又是并承上面子句的主语的，这样便加强了文章的刚健性。可见同一人的文章，可以产生不同的风格，这和文章的内容很有关系。《过秦论》和《论进取冒险》都是议论文，所以需要刚健的风格。《祭石曼卿文》因为作者对于曼卿的不得志而死有一种悒郁不平的情绪要喷薄出来，所以也形成刚健的风格。至于《笑》里所写的是一种优美的情境，自然适宜于柔婉的风格了。

对于风格的刚柔还可以从音节方面看，大抵音节急促的便显得声情激越，是刚健的。音节舒缓的便显得柔婉了，像上引欧阳修的一句。可说是长句构成急促的音节，有时短句或短语也可以构成急促的音节，像舒位的《十八先生墓诗》："藐诸孤，蕞尔国。天荒荒，地窄窄。可怜虫，无赖贼。十八人，罹次厄。计虽非，气自直。"在这里，郭绍虞先生指出一用对偶形式，二用八声韵，造成音节的急促。但是同样的三字句，假使不在偶句停顿而中间杂以奇句，那就变得舒缓了。如欧阳炯的《三字令》："春欲尽，日迟迟，牡丹时。罗幌卷，翠帘垂。彩笺书，红粉泪，两心知。"这词的音节所以舒缓，一是偶句下接着奇句。二用平声韵。（见开明书店《二十周年纪念文集》《论中国文学中的音节问题》）这是对于刚柔的又一看法。上面说刚健是着眼在气势盛，这里是讲音节促，总之是有一种昂奋的激情要喷薄出来，这是两者可以相通的地方。

再就文章风格的绮丽和平淡说，有些人喜欢绮丽，有些人喜欢平淡，再有一种说法是"绚烂之极归于平淡"，大体上以前的人是尊重平淡的。所以钟嵘《诗品》里说："至于吟咏情性，亦何贵于用事？'思君如流水'，既是即目；'高台多悲风'，亦唯所见；'清晨登陇首'，羌无故实；'明月照积雪'，讵出经史？观古今胜语，多非补假，皆由直寻。”这是主张平淡的说法。有人说颜延之的诗像镂金错彩，他听了终身引以为病，这是不满于雕饰的表见。谢康乐的《登池上楼诗》全篇大部分字雕句琢，可是传诵的名句却是“池塘生春草”。薛道衡的《昔昔盐诗》全篇对仗工整，雕金镂玉，可是传诵的名句却是“空梁落燕泥”。这两句在全篇中比较平淡，这是历来的鉴赏看重平淡的实例。所以陶潜的诗几千年来始终为人推重。

这种尊重平淡的用意是对的，可是尊重平淡的主张是可以商量的，也就是不一定是对的。平淡的反面是绮丽，要是大家推重绮丽，那一定要造成一种专务雕琢辞藻的风尚，把真性情反而汩没了。从前宋朝人学李商隐的诗，专门在字面上求雕饰的西昆体，就是一个明证。所以说这种尊重平淡的用意是对的。那么为什么说这种尊重平淡的主张不一定对呢？乌鸦是不美丽的，倘使用孔雀的羽毛装饰上去固然违反自然，可是对于孔雀的美丽咱们又怎能够抹煞呢？所以对于平淡和绮丽的风格，不当有所轻重，只须辨别它是否出于自然，只要出于自然的便好。总之内容是决定文章风格的因素。要是文章的内容具有和孔雀相类似的质性，那么为什么不让它有一身美丽的羽毛呢？

现在试举朱自清先生的《荷塘月色》和《背影》来做例，为了篇幅关系，只能摘取一二句来看。《荷塘月色》是具有绮丽的风格的，像“叶子出水很高，像亭亭的舞女的裙。层层的叶子中间，零星地点缀着些白花，有袅娜地开着的，有羞涩地打着朵儿的；正如一粒粒的明珠，又如碧天里的星星，又如刚出浴的美人。”

从上引的几句看，多用譬喻，用裙子来比荷叶，用明珠星星和美人来比荷花，这是一点。说裙子是“舞女的”裙子，把舞女和的字结合起来变成了形容语，还不够，再加上“亭亭的”形容语。说珠子，加上形容词“明”，还不够，再加上“一粒粒”的形容语。说星星，要加上形容语“碧天里的”，说美人，要加上形容语“刚出浴的”。再像说点缀要加上副词语“零星地”，说开着要加上副词语“袅娜地”，说打着朵儿要加上副词语“羞涩地”，这是又一点。多用比拟和修饰性的副词形容词语便是造成风格绮丽的因素。

再看《背影》，“到南京时，有朋友约去游逛，勾留了一日；第二日上午便须渡江到浦口，下午上车北去。”在这里，一没有譬喻，二不用修饰性的词语，所以是平淡的风格。

同是一位作家所写，同是传诵一时的文章，可是风格却绝然不同。这更可证明内容决定风格。有了《荷塘月色》那种优美的境界，激起了作者的种种联想，那便需要一个绮丽的风格。叙说一件事的经过，要求其真切确实，便用不到修饰性的词语，恐怕修饰了不免有些夸大，便要破坏文章的真实性，所以需要一个平淡的风格。

风格的绮丽和平淡又和所用的字面有关，像温庭筠的《南歌子》：“手里金鹦鹉，胸前绣凤凰。偷眼暗形相；不如从嫁与，作鸳鸯。”比起陶潜的《饮酒》诗“结庐在人境，而无车马喧；问君何能尔？心远地自偏。”就见得一绮丽一平淡。温词用词，像“金鹦鹉”“绣凤凰”“鸳鸯”都是给人唤起彩色鲜艳的事物，所写的是一位年轻姑娘醉心于富家盛妆的儿郎，所发出来的痴心。为的要表出那位儿郎的富丽，就选用了艳丽的词，表达出一种绮丽的风格。至于陶诗写的是诗人的隐居生活，透露出诗人与世相忘的行径和心情，对于达官贵人既“息交兮绝游”，和他们断绝往来，自然门无车马。与世相忘是心远，门无车马是地偏，心远则地自偏。这里写的隐居生活，自然用不到富丽的字面，便构成平淡的风格了。这也可见风格的绮丽与否，完全决定于内容。内容写的是富丽的装束或富贵人的生活自然适用绮丽的风格。写隐逸和田园的生活便需要平淡的风格了。

（《中学生》，1947年第190期，原署名振甫）

词语和风格　（二）

简约和繁缛，缜密和疏放

周振甫

历来谈到文章风格的繁简，多有看重简约看轻繁缛的偏见，这种偏见大约起于古文运动极盛的时候。我们看六朝时代的文章，雕琢排比，非常工细，也就是非常繁缛，可见那个时代是不看重简约的。自从古文运动起来以后，领导的人原意是要用比较接近自然音节的散文，来改变违反自然音节的骈文，配合着一般人好古的习性，因此提出效法“三代两汉”的话来，想借古来压倒骈文的优势。我们只要看古文运动领导者韩愈柳宗元的文章，原是唐代的散文，一点不像什么殷盘周诰，就可以明白了。可是到了宋代，像宋祁等真的好古，他们不明白古代文字的简约，原是受了书写工具的限制（像要用刀刻竹来书写），所以不得不力求简约，却因此一味贵简贱繁，那就陷于认不清时代的毛病了。关于繁简和优劣无关的理论，到了顾炎武可说已经成了定论。顾炎武引了《孟子》中的文章来做实例，加以说明，在《日知录》里说：

“齐人有一妻一妾而处室者，其良人出，则必餍酒肉而后反。其妻问所与饮食者，则尽富贵也。其妻告其妾曰：‘良人出，则必餍酒肉而后反。问其所与饮食者，尽富贵也，而未尝有显者来。吾将瞷良人之所之也。’”“有馈生鱼于郑子产。子产使校人畜之池。校人烹之，反命曰：‘始舍之，圉圉焉，少则洋洋焉，悠然而逝！’子产曰：‘得其所哉！得其所哉！’校人出，曰：“孰谓子产智！予既烹而食之；曰：‘得其所哉！得其所哉！’”此必须重叠而情事乃尽。此孟子文章之妙。使入《新唐书》，于齐人，则必曰：“其妻疑而瞷之”；于子产，则必曰：“校人出而笑之”；两言而已矣。是故辞主乎达，不主乎简。

在普通人的文章里，或者免不掉有多余的话，那是冗赘，是枝蔓，不是这里所说的繁缛。繁缛好像工笔画，把树和石的阴阳皱皴都画了出来。简约好比郭河阳的《天外三峰》，寥寥数笔。这完全由于远近的关系，因为近所以不得不工细，因为远所以不得不简约。冗赘是败笔，无论画的是近山或远山都是要不得的。所以文章的繁简完全和优劣无关。像《日知录》里所引的实例，为了要把当时的神情生动地传达出来，就不能避免重复。“辞主乎达”，就是要把情事生动地传达出来，所以不应专主简约，也不应专主繁缛，需要简的地方就繁不得，需要繁的地方也简不得，一切应由内容来决定。像画近山应工细远山应简约一样。

试看《史记》的《高祖本纪》里记着：“汉王乃令张耳与韩信，遂东下井陉，击赵，斩陈余、赵王歇。”那是非常简约的叙述。可是到了《淮阴侯列传》里，就有着详细的叙述，写张耳韩信怎样用间谍刺探赵国的军情，赵王歇和陈余怎样定计拒敌，李左车怎样献坚壁深沟和间道袭韩信军的计划，以及这个计划怎样为陈余所拒绝，韩信怎样进兵布背水阵，怎样用奇兵偷袭赵营，怎样斩陈余、赵王歇。所以有这样详略的悬殊，就为了韩信破赵这件事，在《高祖本纪》里所占的地位，远不及在《淮阴侯列传》里的重要。因为在高祖生前和汉朝有关的事，《高祖本纪》里都得记载，所以韩信破赵这一件事不能占过多的篇幅。可是在韩信的传里，破赵是一件大事，便得详细记述了。

再像曹禺先生的《日出》里，在开幕前对女主角陈白露的描写非常细腻，从脚步声起，写伸进一只秀美的手，写颜色鲜艳的晚礼服，写发髻，写明媚动人的眼，写笑，写神色，写她的性情感想习惯，写她过去的经历和当前的理想，全用的工笔细描。到了第一幕里，却有很多极简单的谈话，像陈白露用手在窗上的玻璃划一下说："你看，霜！霜!"这儿的霜当然是指玻璃窗上的霜，要是加上了"玻璃窗上的"几个字，反而和当时说话的神情不合了。再像陈白露问她的朋友方达生："你心稳了。"方达生颤声回答一个"嗯"字。这一个嗯字，一方面表示男人要强，硬说我的心稳了，一方面表示他正激动得利害，他向陈白露提出求婚的要求，在那个极不合式的场合，可是他因为要走了，又不能不提出，所以使他的心发慌，这一个颤声的嗯字，就把要强而心慌的方达生描绘出来了。像这种场合都不适宜于繁缛的说述的。

再就词语的观点来看，大概表示抽象概念的词比较简，表示具体意象的词比较繁。像说眼睛明亮比起“一双瞳人剪秋水”（李贺《唐儿歌》）来意义一样，繁简不同。再像司空图的《诗品》，表示纤秾一品说：“采采流水，蓬蓬远春。窈窕深谷，时见美人。碧桃满树，风日水滨。柳阴路曲，流莺比邻。”这里所要表达的意思，就是纤秾这一种风格。不过纤秾是抽象的概念，变成了流水远春空谷美人等具体的意象，就见得一简一繁了。照这样说，同一个意思，用诗词等纯文学作品那种具体的描写来表达的适宜于繁，用说明的形式加以抽象的述说的便比较适宜于简了。

又用复叠和列举法来抒情来描写的较宜于繁，用暗示法来表达含蓄的感情的较宜于简。像《日出》里，陈白露天真地指出窗上的霜给方达生看，说那霜像他。他自然看不出来，陈白露急了说：“这块！这块！就是这一块。”这是用复叠的词语，来表示发急的心情的。又像陈白露指一块霜给方达生看，说：“你看，这不是一对眼睛！这高的是鼻子，凹的是嘴，这一片是头发。你看，这头发，这头发简直像我！”在这里，作者竭力写出女主人公还保留着一点幼年时代的天真。这儿用的是列举法，列举眼鼻嘴发来证明她天真的看法。像这种复叠和列举都适宜于繁。可是像上举方达生颤声回答一个“嗯”字，这种富有暗示和含蓄的词又适宜于简了。

又像《古乐府》“江南可采莲，莲叶何田田。鱼戏莲叶间：鱼戏莲叶东，鱼戏莲叶西，鱼戏莲叶南，鱼戏莲叶北。”用大体上复叠的词语来写作者对于荷叶间到处有鱼在游着的景象。又像《陌上桑》，写罗敷的装束："头上倭堕髻，耳中明月珠，缃绮为下裙，紫绮为上襦。"写一般人对她的颠倒："行者见罗敷，下担捋髭须；少年见罗敷，脱帽著帩头。耕者忘其犁，锄者忘其锄；来归相怨怒，但坐观罗敷。"列举种种以描状罗敷的美。这些都是繁的描写。至于李白的《玉阶怨》："玉阶生白露，夜久侵罗袜。却下水晶帘，玲珑望秋月。"用侵字望字来暗示女主人的夜深不睡，思念远人，所以就用一两个字来暗示思妇怨这一点说，是简的风格。

诗词中有用一两个词来总摄多种意象的，那是宜于简的一种。像梅尧臣的词"落尽梨花春又了，满地斜阳，翠色和烟老。"落尽梨花是春暮，满地斜阳是日暮，翠色在黄昏里，似烟一般地朦胧，多种景色给迷濛的烟和迟暮的老总摄起来了。又像寇准词"倚楼无语欲消魂，长空黯淡连芳草。"无语消魂是人情的黯淡，长空和芳草在暮色中只有苍茫的感觉，这是景物的黯淡，情和景都给黯淡一词总摄起来了。像这种总摄的词可以把作者对于各种景物的统一印象描绘出来，还可以使得情景交融。但这种总摄的词不宜繁，只宜简，一繁复就要失去总摄的作用了。又像这种总摄的词只适宜于描绘一个镜头，要是场面开展，镜头时时在变换，那又适宜于繁复的描写了。

上面曾说暗示宜于用简，那是指一两个透露出暗示的意思来的词说的，像上举的例子中的望字。又像"忽见陌头杨柳色，悔教夫婿觅封侯"里的悔字，透露出思妇的怨来。但就全篇来说，那么一首诗只表示出思妇怨这一个意思，思妇怨一语是抽象的，那首诗所描写的是具体的，诗自然比较繁复了。再像《日出》里的正文前面，作者引著《新约》《罗马书》第二章里的话：“上帝就任凭他们存邪僻之心，行那些不合理的事。装满了各样不义邪恶贪婪恶毒。满心是嫉妬凶杀争竞诡诈毒恨。……行这样事的人是当死的。然而他们不但自己去行，还喜欢别人去行。”这是抽象的说明，全部《日出》可说就是这个抽象说明的具体描写。就这样看，自然前者是宜于略而后者需要繁了。

现在再来看文章的疏密。《文心雕龙》的《章句》篇里说：“句司数字，待相接以为用；章总一义，须意穷而成体。”这是说句中的词须配合得惬当，就见得文章形式的严密。一章中有一个主意，主意能够前后一贯，就见得文章内容的严密。又说：“启行之辞，逆萌中篇之意；绝笔之言，追媵前句之旨，故能外文绮交，内义脉注。”这还是说一篇文章的主意，要前后一贯，这种意义的联贯叫“脉注”。有了脉络贯注的主意，再加上许多有关联的文字进去，这些文字像锦绣的互相交织，这叫做“绮交”，能够绮交脉注才完成一篇组织绵密的文章。

试看叶圣陶先生的《没有秋虫的地方》，开头说：“阶前看不见一茎绿草，窗外望不见一只蝴蝶，谁说是鹁鸽箱里的生活，鹁鸽未必这样趣味干燥呢。”这里暗示一没有秋虫，二没有趣味。到第一段结末说：“呵，不容留秋虫的地方！秋虫所不屑居留的地方！”到末段又说：“可是没有，绝对没有！井底似的庭院，铅色的水门汀地，秋虫早已避去惟恐不速了。”这和开头的两点暗示首尾相应。在第一段里又说："秋天来了，记忆就轻轻提示道：'凄凄切切的秋虫又要响起来了。'"有了这一个记忆，就开出了下面的好几段文章，像第二段想到这时乡间满耳的虫声，第三段说这些虫声会引起非常隽永的味道，第四第五段说有味道即使是酸苦的，总比淡漠无味好。这几段的讲味道的文章，又和开头说的生活趣味干燥暗暗脉注。第六段讲到虫声终是足系恋的，又和第一二段脉注。

再说从记忆里想到这时乡间的虫声，从虫声想到会引起劳人秋士独客思妇的种种感触的味道，从味道讲到"心如槁木不如工愁多感，迷濛的醒不如热烈的梦……"这些都是外文的绮交。再就文字形式看，第二段开头说："若是在鄙野的乡间，这时会满耳是虫声了。"因记忆里的秋虫完全是想像，所以用"若是"做假设的接续词。第三段是从虫声转到引起各种人士的感触，所以用"虽然"做转折的接续词。第五段承着第四段说明有味远胜无味，第六段承上数段说明虫声的足系恋，因此开头都用"所以"做接续词。末段归结到现实的绝对没有秋虫，所以用"可是"做转折的接续词。这是文章形式上组织的严密。

中国的韵文有一个特点，就是它可以不用接续词，只把一个个意象排列起来，却能绮交脉注。这就是论骈文的人所说的潜气内转。好比唱歌的人，人家只听见他的歌声抑扬顿挫，却不觉得他在什么地方转气，认为是了不得的功夫。做韵文的人要是多用接续词，就好像唱歌显出转气的迹象来，算不得高手。试看马致远的小令《天净沙》："枯藤老树昏鸦，小桥流水人家，古道西风瘦马，夕阳西下，断肠人在天涯。”在这里，全篇脉注于客子行程中的悲哀。枯，老，昏，古，夕阳，结合成一种迟暮的悲哀，可意会这个客子有迟暮的伤感，但是去家万里，还在天涯奔走，其悲可知。况且枯藤，老树，故道，西风，又描出一个令人生悲的秋令，对着小桥，流水，人家，益动思家的意念，瘦马驮着断肠人怎不加倍凄苦呢？所以虽不用接续词，而全篇脉注绮交，可说是内容密而形式疏了。

其实秋天的景色不一定是凄苦的，像“霜叶红于二月花”，“秋菊有佳色”，都是色彩非常鲜艳的。要是把这种具有鲜艳色彩的词儿放进那首小令里去，那么全篇的脉络便不能贯注，成为内容上的不调和，也即是内容的疏，便要不得了。再像在《没有秋虫的地方》里，要是把几个接续词删去了，或颠倒来用，就要感到上下文语气的不相衔接，或衔接得不惬当，那便成了形式上的疏。形式上的疏，无论在白话或文言里都是要不得的。

上引的两例，它的脉注都容易看得出来，同时选词造语都很谨严。还有一种文体，它的选词造语比较随便，好像随口乱谈，不加洗炼。可是在乱谈中依旧有着一贯的主意，不过它的脉注是比较隐晦的，像吴稚晖先生的文章就近于一种。这种文章可说是疏放的。试举《庄子》里的《逍遥游》做例。开头说：“北冥有鱼，其名为鲲，鲲之大不知其几千里也。化而为鸟，其名为鹏，鹏之背不知其几千里也。怒而飞，其翼若垂天之云。”下面是讲《齐谐》一书中讲到鹏起飞时的情状。可是接下去说：“野马也，尘埃也，生物之以息相吹也。”就和上文讲鹏飞的话完全不接，中间又没有转折的接续词。所谓野马是指春月薮泽中蓬勃的游气，游气和尘埃只要受微风的吹动就会飞扬，意思是说比起鹏鸟一定要借着高空的大气才能飞行，虽两者凭借的力量大小悬殊，可是就它们的一切任着自然讲是相同的。所以从文字的表面看好像是不相连贯，可是就内容讲，依旧是脉注的。再接下去却说："天之苍苍，其正色耶！其远而无所至极耶！其视下也，亦若是则已矣。"和野马尘埃的话又全不相接。其实是从野马尘埃又回到鹏鸟上去。就人的视觉说，望上去天是苍苍的，其实苍苍不见得是大气的颜色，也许是远而无极所以望去觉得苍苍。因此想到鹏鸟从高空中望下来，也是这种苍苍的色调。这是回顾上文形状鹏鸟飞得非常之高，所以依旧是和上文连贯的。对于鲲鹏的寓言上面已经讲过！照理下面不应重复，可是下面引了汤问棘的话，又讲冥海，又讲鲲鹏，意义完全和上文一样。最后点明"此小大之辨也"，这句话说明上面文章的主意，用小大不同，同归于自然来做全文贯注的脉络。所以就形式讲虽是疏放，就意义讲还是脉注的。要是形式和内容同样疏放，那就好比朋友谈天，可以从一个题目转到另一个题目，再转到全不相关的题目上去，像那样的泛滥无归，就不成为一篇文章了。

（《**中学生**》，1947 **年第** 191 **期，原署名振甫**）

文学与科学

李广田

文学与科学是两种不同的工作。为了术业的专精，应当分工，于是有专门从事文学工作的，有专门从事科学工作的，这在事业成就上说自然很好，但在一个人——尤其是一个青年人如中学生——的整个修养上说，则并非必须如此。青年时代是人生的总开始，应当具备各种知识与能力，既应当有充分的科学知识，也应当有相当的文学修养，二者实不可偏废，更不应当过早的分工。青年人的生活应当像一座正在建筑中的大花园，如只攻科学，就好像只建筑了亭台楼阁，如只治文学，就好像只栽培了花草树木，而一个最好的花园是应当既有亭台也有花木的。文学与科学的情形也正如此。

文学与科学的对象同是自然和人生，所以两者在好多方面都可以相通。在科学家心中的问题，在文学家心中也同样发生。譬如自然界的月亮，在科学家就研究其形成、变化等问题，这类问题在诗人心中也并非不存在，如苏东坡的《水调歌头》：

明月几时有，把酒问青天，不知天上宫阙，今夕是何年。我欲乘风归去，又恐琼楼玉宇，高处不胜寒。

尽管说诗人是用了这样作品来寄意，但追问自然也是一个事实。诗人凭了想像说“高处不胜寒”，这在科学家的研究中也证明了是事实，因为月球上的温度到半夜冷到冰点以下一百十七度，（地上最冷为冰点下六十度）如果有人夜半飞上月球，那当然是“高处不胜寒”了。

又如有些自然现象，在文学中所表现的也往往和科学家的研究一致。美国诗人朗佛洛[①]（H. W. Longfellow，1807—1882）有一段有名的诗：

My soul is full of longing
For the secret of the sea
And the heart of the great ocean
Sends a thrilling pulse through me……

（我的灵魂充满了想望
向着那神秘的海，
而那大洋的心脏
经过我送来一阵脉搏的跳动……）

美国一个专门研究“地震学”的科学家林溪（Joseph Lynch）就以为这段诗很有地震学的见解。据林溪的试验，地球的震动常是有节奏的。这种有节奏的正常震动，多半由海中的潮水击拍海岸而造成。这种海岸的击拍，全美国

① 朗佛洛，现通译作“朗费罗”。

都可以由地震计感受到，在纽约是每分钟三十三次。

科学和文学既如此可以结合默契，所以有些学者既是科学家，也是文学家。英国最早的自然学者怀特(G. White 1720—1793)，写了一本《塞尔邦的自然史》(*The Natural History of Selborne*)，从文字上看，是很美的散文，从内容上看，是一种科学的观察记录，而且这本书对于后来的动、植、矿各方面的研究都发生了作用。以后赫特逊(W. Hudson 1841—1923)等人，也是用了文学的笔调来记述自然科学的研究结果的。法国有一个昆虫学专家法布尔(J. H. Fabre 1823—1915)，写了一部《昆虫记》，人家都称他为科学诗人。(可参看 W. Beebe 所编 *The Book of Naturalists*：*An Anthology of the Best Natural History*，1944，Newyork.)中国最早的诗集是《诗经》，孔子一再劝人读诗，说诗的用处很多，除了兴、观、群、怨、事父、事君之外，还可以“多识于鸟兽草木之名”，这实在是很有意思的一种教育态度。

从这一角度看，文学与科学不但不是势不两立，而且是可以互为表里，携手并进的。一般人往往以为科学的进步，妨碍了文学的创造，因为文学是要表现自然界的神秘奥妙的，而科学却把自然的神秘奥妙都说穿了。这看法似乎不错，实际上却没有多大道理。例如星宿中的牛女星，因为南北朝时梁人宗懔的《荆楚岁时记》中有一段说：

天河之东，有织女，天帝之子也。年年机杼劳役，织成云锦天衣。天帝怜其独处，许嫁西河牵牛郎。嫁后遂废织衽。天帝怒，责令归河东。惟每年七月七日夜，渡河一会。

后人作诗作文，常常取以为题，把原来的故事渲染得非常凄艳。秦观的《鹊桥仙》，尤能推陈出新，另造意境：

纤云弄巧，飞星传恨，银河迢迢暗渡。金风玉露一相逢，便胜却人间无数。

柔情似水，佳期如梦，忍顾鹊桥归路。两情若是长久时，又岂在朝朝暮暮。

近年来用这故事作成的电影和剧本也不少。吴祖光有《牛郎织女》一剧，剧中有《鹊桥会》一曲：

谁知道天长地久何时了？
谁知道离恨年年有多少？
度尽了长岁，好难得这七夕良宵；
却又是无限悲愁相逢在鹊桥。
梦长夜短总是多情恼。
见东山晨星已现，天将晓；
可奈何喜鹊频噪，催人分道。
只好待明年的七夕快快来到。

现在根据科学家的观测，我们知道牛郎织女两星都比太阳大得多，也亮得多，因为比太阳远，所以看起来很小。

牛郎的距离等于一百四十八万万万公里，比太阳远九十八万倍。织女的距离等于二百五十五万万万公里，比太阳远一百七十万倍。光从牛郎星来到我们的眼里需要十五年八个月的时间，从织女星来需要二十六年十一个月的时间；(光年，即星光达于地球所用之年数。光之速度，一秒间可绕行地球七周有半，其程为十八万六千三百三十哩。）两个星相距也有十二光年那么远。无线电波的速度和光一样，假使牛郎想打一个无线电报给织女，得等二十四年才有收到回电的可能。这些科学研究诚可惊人，但对于那个牛郎织女的传说以及那些文学作品也并无多大的影响。我们虽然知道了这些，也还是觉得那些诗歌作得美艳动人。只要我们知道了这故事，尤其是我们读过了很多这样的诗歌，当我们仰望星空的时候，我们也还难免为牛郎织女而感到隔河相望之苦，也正如古诗中所说的："迢迢牵牛星，皎皎河汉女……盈盈一水间，脉脉不得语。"

更进一步，科学的进步，不但不妨碍文学的创造，而且可以帮助文学的创造。欧洲文艺复兴以后的科学研究，在天文学物理学方面在十七世纪奠定了一个局面。当时英国有一个玄学神人敦[①]（John Donne 1573—1631)，他的诗里就充满了科学的比喻。最有名的例子是《送别，莫悲伤》里的一段，其中以男女爱人的灵魂比作圆规的两脚，其中间定住的一脚看似不动，实则永远随着另一脚在转移，以示离别不过是其中一人的活动范围之扩大而已。又如下之

① 敦，现通译作"邓恩"，17世纪英国玄学派诗人。

琳有一首题作《候鸟问题》的诗，其中有三行是：

我岂能长如绝望的无线电
空在屋顶上伸着两臂
抓不到想要的远方的音波。

这里所表现的是一种因想望而近于绝望的情感，其形象非常具体而新鲜，然而如果科学家没有发明无线电，文人的作品也就不会有这样的意象。现在利用了无线电在小说或电影中创造出特殊场面的例子已经很多很多了。

一般人又往往以为科学家是重事实的，文学家是重想像的，这诚然也不错，但文学家一样得重事实，科学家也必须有想像力。写实主义或自然主义作家的看重事实是当然的，新现实主义作家如不看重事实也就不成其为新现实主义者了。科学家如无想像力，牛顿就不会因苹果坠地而发现地心引力，而瓦特也就不会因见水沸而发明蒸汽机。

又或以为科学家是重理智的，文学家是重感情的，这自然也对。但文学家也不能不重理智，科学家也不能没有感情。那些只图发泄感情的浪漫派作品，今天实在令人难耐。今天的文学作家顶要紧的是要有一个清晰的头脑，他必须分析、判断，有正确的理解与认识，有如一个科学家；至于文学史家或批评家，他同时就是一个科学家，他不但用科学方法，而且须有科学的精神，从前的文人那种马马虎虎泄泄沓沓的生活是要不得了。当科学家正从事严密精细的工作时自然要冷静，但从他的整个的人格而论，他不能弃绝情感。情感中最强大有力的莫过于爱，有些科学家因为爱人类而不愿制造原子弹，不愿保守原子弹的秘密，便是一例。所以爱因斯坦曾说：

我们在继续制造原子弹，原子弹在制造憎恨和猜忌。我们保守着秘密，秘密又孕育着不信任。我并不是说我们应当把炸弹的秘密向世界泄露。不过，试问我们是不是在热心地寻求一个世界，在那个世界里，根本用不着原子弹或什么秘密，科学和人类都可以得到自由？

我们猜忌俄国的秘密，俄国也猜忌我们的秘密，于是大家一同走向灭亡。

这可以说是一个伟大科学家的最崇高的情感了。

也有人以为科学是可怕的，因为它制造了杀人的利器。其实科学并不可怕，可怕的是那些利用科学的人和那些无情的科学家。譬如我们的诗人文人很喜欢写月亮，但最近报载美国火箭协会开会的时候，有人主张美国应该占领月亮，才能控制整个地球，他说美国可以在月亮不向地球的那一半上建立根据地，制造并贮藏火箭，然后把火箭搬到向地球的那一面，在二十四小时之内可以射到地球上任何一部分。果真如此，再来一次世界大战的话，我们就不敢再看月亮，月亮就变成可怕的东西了。

总之，科学是应当为人类造福的，它也绝不致破坏了自然之美。即使有些自然的神秘奥妙被揭穿了，但新的神秘奥妙又将呈现在我们眼前，因为自然的神秘奥妙是永远发掘不尽的。何况今天的文学并不以自然为对象，它的最重要的对象乃是现实的社会生活。文学要取材于自然，如高尔基所说，最重要的还是第二自然，即人向自然斗争以后的结果，其实也就是科学的成果。现在人与人斗争不息，所以现在的文学作品也以人间斗争为主要内容，这实在是不幸的事。一旦这个不合理的世界被改造了，大家平等自由，如处一家，大家共同努力向无限的自然进攻，以创造人类的共同幸福，那时候文学的题材与主题当然也更丰富，那时候诗人歌颂自然美，歌颂人类征服自然的胜利，歌颂人类建设共同乐园的成功。那将是一个最美的世界，那时候科学与文学将更相友好，而绝少矛盾与冲突。

[附记]《观察》第六期有戴文赛先生的《牛郎织女》，七期有蔡壬侯先生的《林溪和地球》，十期有戴文赛先生的《玄武湖上的秋月》，我喜欢这些文章，因利用它们的材料缀成本文。

（**《中学生》**，1947 **年第** 192 **期**）

谈“中学生与文艺”

俞平伯

青年多爱好文艺，心理上的原因约有两种：（一）感情的抒写与苦闷的挣扎，（二）认为比较容易作。在第一点，虽无所谓错误，但人生的安慰不应，且亦不能仅由情欲的升华意志的表现去获得，最重要的为明澈缜密的思想。我生平最重感情，但近来觉得思想尤为吃紧，常常这样说，感情跟着思想走，无碍其为感情，且可更加深厚；思想跟着感情走，即不成其为思想。

第二点认为制作文艺比较容易，乃是一种错觉，也有两种：（一）认文艺比其他专门学术为易，（二）认易懂的即为易作；这都是错的。文艺者生于人间，返向人间，深入而显出，言近而旨远，人心切近的记录，文化的综合的表现也。它虽不必比其他学术为难，却决不见得更容易。至于明白晓畅与艰深晦涩属于文章的风格，与难易本无关也。还有一种错觉，许从“自由”这观念来的。自由并不就是随便，且在它的反面。自由每须从艰苦卓绝里去奋斗得来的。文艺上的自由，以心的活动变化凝成其形式，故能超离因袭的科臼；又必须正视现实，与社会的因素相关连，故能免于狂想妄作也。

这些是我个人的看法，未必对青年有多大的帮助，但就这观点看，对于语文的教学至于文艺的教学自然也有一些感想，约述于后。（一）中学的国文课本我看得极少，似乎太深太杂，有些我简直没有读过的。选录的标准，应该偏重思想的清楚正确，而文字的浅显次之。文艺的涵养在中学的阶段里亦应该有，似可选录诗歌。诗文的讲授法正不必一致。文章既在注重思想的训练，自必须讲解得很清楚才对。诗则除训诂名物诠表大意以外，或无些多讲，以令学生背诵为主。背诵原是很重要的，耳朵的学习有时较眼睛的学习更为得力，所谓“声入心通”。背诗要比背文容易，且更有趣。

（二）人是爱好听故事的，通俗小说的流行（即民间所谓侦探剑侠以及鸳鸯蝴蝶的小说）其故在此。现在的创作，故事趣味往往缺乏，即不能取《红楼》《水浒》《三国》而代之，则转而求之侦探剑侠鸳鸯剑蝶无足怪也，无论他对不对，也无法更变的。我也没有好办法，但我主张学生多读历史，即《纲鉴易知录》以至于历史演义也无妨阅读。如有人能作新的章回小说自然更好了。——这些读物不但比现今流行俗滥的小说为有意思，即比老牌的小说也好些，如《红楼》的妹妹哥哥，《水浒》的杀人分金，虽不必如老辈视为诲淫诲盗，把它们列为禁书，但在心灵知识不成熟时读之实利害参半，若不与其他读物配合，实利少而害多也。这话多少有点头巾气，但我确如是想的。

（三）古典作品宜分别观之，虽合于我们现代的标准很少，但亦不能因噎废食，故选材第一，教法第二。教者未必洞知选家之意，既选择了，自有它的范围限制着。以韩文为例，《上宰相书》不如《原道》，《原道》不如《原毁》。以苏文为例，他的题跋小品自胜于《留侯论》，《范增论》，《超然台记》自胜于《喜雨亭记》。这都是很分明的。古典作品与新写实作品自不能偏废。老实说，古典的分量重些，只是时代已差得太多，教学多感困难。学者当师古人之意，不可袭其迹，亦姑举一例。如《桃花源记》是陶潜描写他的理想国，即是他政治思想的鹄的，我们另写一理想国即是学他，若套其陈文乃抄《桃花源记》耳，非学《桃花源记》也。故轻率的摹拟笔调，无论文言与白话，古作家与今人，皆非善学也。

综括上文，若能时时从现实的观察得到思想上的反省，则爱好与习作文艺，或试办小刊物，甚至于偶而阅读所谓非文艺的“闲书”，皆属无碍。反过来说，囫囵吞枣，人云亦云，任何杰作，皆不能使你有益。文艺因它的人间性，故其进修至为广泛，绝非某种理论某种作品所能范围。当然，泛览不如专精。欲深造有得亦必从某一方面入门，但此无成方可用。各人有他的天赋和环境，宜于我的不必宜于你，宜于你的又不必宜于他，故不能以一己之所得妄度众生之心也。譬如我说，古诗是华夏精魂所栖托，为了解我们先民的总持，你信也不信？

（《中学生》，1947 年第 186 期，原署名平伯）

鉴赏的过程

周振甫

鉴赏文艺作品好比看演剧。我们看一本成功的剧本演出时，我们的感情完全会给剧中的情调抓住。脉搏的跳动，呼吸的缓急，完全和剧中情调的起伏相应。当剧情发展到高潮时，我们连悲欢都不能自主，甚至跟着剧中人物的悲苦而流泪，欢乐而发笑，我们的感情完全给剧情所操纵了，把自身一切的烦恼忧虑都忘了，换句话说，整个儿忘记了自己。这就是文艺鉴赏中的无我境界。我们一定要进入这个境界，才能够深入文艺作品的核心，才能够和作者创作时的心弦发生共鸣，才能够对作品有深切的领会。

鉴赏的最大障碍就是有成见。一位对古典文学有偏爱的人，他认为只有古典文学是好的，其他一切新的创作都是要不得的。抱了这样的成见，那他对于新的创作永远不会了解，永远被摒在创作园地的外面，看不到园内百花的彩色，领略不到园内百花的芳香了。可是进入园内的人，当他开始领略时，虽然要全神贯注在园内的景物上，不要让心头的烦恼分散了注意力，可是还得注意园内曲折的途径，不要给它迷住了，弄得认不清园内的情形。领略完毕之后，还得认清自己的地位，和怎样出去的路径。这也可说是鉴赏中的有我境界。

《红楼梦》里的刘姥姥，她跑进了大观园，给园内的景色和人物所迷住了，她忘了自己，结果跑到怡红院里，倒在贾宝玉的床上睡着了。这样的游大观园，比起一班没有踏进园门的人虽然胜过一些，可是比起住在园内的人来未免差得太远了。那就因为刘老老只认得进去的路，不认得园内的路，住在园内的人都能认识园内的路，自然比她高明得多了。所以鉴赏文艺作品要能深入，不要给作品中的情节和技巧迷惑才好。

一位作家的创作过程是先接触事物，然后有所感，即对所接触的事物有深切的激动，到酝酿成熟之后，才运用写作的技巧用文字把它写下来。鉴赏的过程正和创作相反。创作到最后才用文字写定，鉴赏却最先接触文字，通过熟练的技巧，认识所描写的事物，通过事物的描写触及作者的心情，和作者的心情发生共鸣，所以先要能入。可是一篇作品，他的风格怎样，究竟是优美还是壮美；他的技巧怎样，是熟练还是生疏；他所反映的意识怎样，是前进还是落伍；他在文学史上的地位怎样，是承袭还是创造；都不是能入而不能出的人所能领会的。

文学作品既有技巧和风格的不同，各人的意识又未必能完全一致，一位喜欢优美作品的人，看了壮美的作品，或者嫌它太粗豪而看不入眼。反过来说，喜欢壮美的人，或者嫌优美的作品太细腻而看不下去。再说，意识前进的作品，人家看了或道过激。否则又道落伍。所以一个鉴赏文学作品的人，需要极大的虚心，需要无我，才能接受自己所不喜欢或不熟习的技巧和风格，再进一步去认识作品的意识。能具备这种虚心，才能够鉴赏各种不同的风格和技巧，认识它所反映的不同的意识，从不同中看出各具的优点和缺点来。

普通看文学作品的人，最初只是注意作品中曲折的情节，不能够通过情节再深入去看。遇到一篇情节极简单的作品，就觉得无多意味，不甚了解。那他是给情节所障蔽了。还有一种人，只注意作品中的技巧，在爱好古典文学的人中往往有这种情形，因为古典文学的形式是固定了的，写作的人多了，在固定的形式中很难见巧，就走上修饰技巧的路，把文字雕琢得像镂彩错金一样，耀人眼目。人们也只注意到技巧上的雕饰，看到那种耀眼的彩色而感到满足。这就是给技巧所障蔽了。真正的鉴赏，一定要通过这些情节和技巧，深入作品的核心，和作者创作的情绪得到共鸣，把作者创作的过程倒泝一下才对，所以要能入。

普通的读者既给曲折的情节和眩眼的技巧所迷，不再深入，那他们就停滞在作品的情节和技巧上，跳不出来。所以要能入还要能出，跳出情节和技巧的障蔽，才能深入作品的核心。跳出作品以外，才能认识他所表现的意识是否正确，因为作者有时在这方面是不自觉的。再说对于技巧和风格的研究，对于作品在文学史上占着什么地位的认识，都非跳出作品本身的范围来看不可。只有能入和能出的人，才能够对作品有最正确的认识，才能够辨别出作品本身的优点和缺点。

刘老老固然不能认识大观园，因为她不够深入。就是住在大观园里的姊妹，她们对园内的认识是清楚了，可是她们却束缚在园内，不能跳出园外，比起一位饱览名园的人来，那她们的认识又嫌不够了。所以我们要能入，要能出。能入要除去我们的成见，能出要培养我们的鉴赏力。

（《**中学生**》，1946 **年第** 179 **期**）

谈文艺欣赏

李广田

在文艺部门中大致可以包含以下几种不同的工作，就是：文艺史，文艺论，文艺的创造、批评和欣赏。文艺史是历史专家的事，文艺论是理论专家的事，至于创造，则属于作家，批评则属于批评家，只有欣赏一项却大致可以说是一般读者都能作的事，因为所谓欣赏，也就是喜欢读作家们的作品，而且读过之后觉得喜欢。假如像学校里考试以前那样被逼迫着读书，那就不能算是欣赏，假如读了某种书而并不能懂它，或即使是一本好书，然而它不合你的口味，你不喜欢它，同样也不能算作欣赏。欣赏实在是一种享受，而在享受中又可以得到一种陶冶，一种教养。

所以，和其他各种文艺工作相比较，欣赏可以说是最自由、最容易的一种工作，假如欣赏也可以算作一种“工作”的话。我之所以要提出这个问题，就是因为大多数读者不肯把“欣赏”当作“工作”，而只是随便阅读，甚至只当作无聊消遣，随便拿起一本作品，随便放下一本作品，作品放下了，一切也就等于虚无，上焉者看了些书里的热闹，记了些零星的故事，下焉者则连这一点也毫无所得，试问，这样的阅读有什么用处，这样的阅读又如何能称得起“欣赏”呢。

严格地说起来，欣赏应当是一种“工作”。最起码的意义，也应当是读了一部作品绝不等于不读，最低限度你要真正懂它，你应当从它得到思想的启示，情感的激发或调理，甚至你也应当体会作者的甘苦，从而捉摸一些艺术的慧巧。但我的意思尚不止此，更进一步，我以为即在欣赏之中，也应当有批评的成分，也应当有创造的成分。

文艺的欣赏，虽然并不是思维活动，但也不能不附带着是非好恶之见，不仅对于作品中的人物事件是如此，即对于作者的表现方法亦同样如此。当我们读某一作品时我们说“爱不释手”，而当我们读另一作品时却说“味同嚼蜡”，对于这一作品中的人物我们“爱之欲其生”，他的受难就是我们的受难，他的得救就是我们的得救，而对于另一作品中的人物却又“恶之欲其死”，我们但愿他罪有应得，却惟恐他幸而苟免。这些都是批评的基础或发端。有些人随便阅读，可能连这些也感觉不到，有些较好的读者能够感觉到这些，但也只是“感觉”到这些就算了，这也许正是停止在一般所谓“欣赏”的阶段。更好的却是能够再发展下去，把这些感觉弄明白，把这些感觉思想化，回答出一个“为什么”，我为什么爱这本书？这本书好在什么地方？我又为什么不爱那本书？那本书有什么缺点？我为什么喜欢这个人物？我又为什么不喜欢那个人物？等等，那也就是批评，或者是已经走近批评的领域了。这样的阅读，这样的欣赏，当然是非常有益，至少也要比那种莫知莫觉的读法好得多多。

欣赏之中不但有批评的成分，其中也有创造的成分，因为欣赏活动中本来就有一个“共鸣”的过程。当我们设身处地地欣赏作品之时，我们的情感思想和想像也达到了作者在创造时那样的境地，我们也就等于创造了一个新的世界一样，不过原作者是用文字表达了出来，我们却只是以作者的文字为凭借而有所创造罢了。譬如我们随便举一个作品为例：

春山烟欲收，天澹星稀小，残月脸边明，别泪临清晓。

语已多，情未了，回首犹重道。记得绿罗裙，处处怜芳草。

当我们未读牛希济这首《生查子》以前，我们的感情是静的，我们的眼前也没有什么意象，但既已读过之后便不同了，我们的感情随着作品由静而之动，在我们想像中也就有了一种新鲜而具体的意象，假如你反覆吟味，假如你也有和词中所写的同样的或近似的经验，你一定感觉非常激动，非常亲切，这不但唤起了你的回忆，也启发了你的想像，在这一顷刻，你的内在生命也许就和词人在创造的时候是一样的了，这时候我们不但觉得这首词作得真好，而且觉得自己的生命也扩大了，提高了，净化了，而这，也就正是创造的一种境界。

更进一步，我们在欣赏的时候不但可以达到和作者创造时同样的境界，而且还可以凭借了作者而又超越作者，我们还可以另有所见，另有所创造。譬如王国维的《人间词话》中有这样一段：

古今之成大事业大学问者，必经过三种之境界。“昨夜西风凋碧树，独上高楼，望尽天涯路”（晏殊），此第一境也。“衣带渐宽终不悔，为伊消得人憔悴”（柳永），此第二境也。“众里寻他千百度，蓦然回首，那人却在灯火阑珊处”（辛弃疾），此第三境也。

如照这三首词的文字上看，第一首不过说离愁别恨，故曰“明月不谙离恨苦，斜光到晓穿朱户”，第二首不过说春日相思，第三首不过说“邂逅相遇”。关于这些内容，王国维自然懂得的，他自然已是欣赏过的，然而他抛开这些，凭了他自己的生活体验，凭他自己在学问事业上的甘苦，他又作了新的说明。照他的意思，第一首是说眼光远大，立定目标，第二首是说锲而不舍，虽败不馁，第三首是说“踏破芒鞋无觅处，得来全不费工夫”，是成功的愉快。这当然不是词人的原意，所以王国维接着说，“此等语皆非大词人不能道。然遽以此语解诸词，恐晏欧诸公所不许也”。晏欧诸公所不许是一事，而自己凭了欣赏而有所创造，这实在是一种最高的享受，一种很大的愉快。

由于以上所说，我们可以知道，所谓欣赏，并不是随随便便地读书便算完事。一个最好的欣赏者，应当能够尽量发展他的是非好恶之心，进而为批评，然后可以给作品一个最好的估价。而且，应当与作者共鸣，更进一步超越作者，创造，再创造，这才是最好的受用，读书才有益处，不但有益于文艺修养，也有益于生活修养。

（《中学生》，1947 年第 183 期）

文学中的远近法

丰子恺

远近法（perspective）是图画中的一种方法，不是文学中的事。为什么说文学中的远近法呢？

同为艺术，必有共通的性质。图画中有远近法，文学中也有远近法。不过文学不是“造形”的，故其远近法无形可睹；我们读了文学，在心中把这文学翻译为图画时，就显然地可以看见文学中的远近法了。这是很有乐趣又很有意义的一种玩意。我们在把文学翻译为图画的时候，一方面可以体验这文学作者的自然观照的心境，而深刻地欣赏他的描写；一方面可以由此练习自然观照的方法，而补助你自己的艺术研究。

我未曾讲出本文，而先说这种凌空的话，在读者或许摸不着头脑，而茫然不解其乐趣与意义。现在请先从图画中的远近法说起，然后说到我的主题去。

普通学习图画的人——或对于图画并无特殊天才的人——在最初练习描画的时候，所最感苦痛的，往往是形象描不正确。在初学者的图画教室中，常常可听到“画不像!”的叹声。“像”之一事，在图画上的确是最基础的一种要素。虽然图画的“美”并不全在于“像”，（关于这点，请参看《中学生》五月号美术讲话《画得好与画得像》一文）但“像”是图画练习的起码的工夫，或可说是图画练习的出发点，画不“像”的，决不能画得“美”。专门的画家，其研究工夫全用于“美”的表现上，因为“像”是起码的工夫，在他们已经不成问题了。

但在普通学生，“像”却成一大问题。低级的图画教授，差不多全是“像”的训练，还谈不到“美”。我们的眼，真是有些奇怪的：仅乎教它看看，它的辨别力似乎很强，小孩子的眼会立刻辨别母亲的颜貌，农夫的眼能立刻辨别植物的形状，商人的眼力更强，能立刻辨别假钞票与铜洋钿。但倘要他们把所辨别的形象的异同，用手在纸上描出来，小孩子第一个谢谢，农夫当然不会，商人更是要命了。

图画初学者的“画不像”的叹声，便是由此而起的。他们用眼看看，大家觉得“不像;”但怎样一来可以使它像?他们却茫然不解了。这是眼与手没有联络的训练的原故。学习图画，要学到“得心应手”的地步，其图画的根基方才稳固。什么叫做“得心应手?”心便是眼。许多物象映入你的眼里，你须在心中把这些“立体”的物象改造为“平面”形，然后用手描写在“平面”的纸上，这叫做“得心应手”。这时候所难学的，就是“改造”的一事。位置远近不同的许多物象，如何可以“改造”为平面形?这的确是一种较难的训练，也是图画学习的最紧要的一个门槛。

跨过了这个门槛，你的图画已经进门，从此可以升堂入室了。

把立体形的物象改造为平面形，换言之，就是把远近不同的许多事物拉到同一平面上来使它们没有远近的差别，这样，你看眼前的物象犹似看一幅天然的图画，就不难把这幅天然的图画照样临写在纸上了。这并不是一件很难的事；只要想像你眼前竖立着一块大玻璃（犹似站在大商店的样子窗前面），隔着玻璃眺望远近不同的许多事物，而把这些事物照当时所显出的形象拉到这块玻璃上来，这玻璃岂不就变成了一幅天然的图画么？所宜注意者，须把这些事物当时所显出的形状照样移到玻璃面上；不可想起实物。例如我们站在河岸上，看见最近身处，水面上有一只帆船；稍远，对岸有一座桥；更远，桥后面有一座山；最远，山顶上有一支塔。这时候再想像你面前竖立一块玻璃，而把船，桥，山，塔诸物，不论远近，一概照其当时所显现的形状，而拉到玻璃的平面上，便看见一幅天然的西湖风景图；但当你拉过来的时候，必须照其当时所显现的形状，切不可想到实物。倘然当它们是实物而思索起来，就看不见天然的图画了。因为当它们是实物，你一定要想到“桥比船大，塔比桅粗，山比帆高”等实际的情形。不料你眼前显现着的各物的形状，和你所想到的完全相反。在你眼前的那块玻璃板上，“桥比船小得多，塔比桅细得多，帆比山高得多”。这在实际上原是不通的。桥比船小，船如何通得过去？塔怎会比桅更细？帆怎会比山更高？在实际的固然不通，但在图画上的确是如此的。若不如此，其图画就不通了。画中的形状与实物的形状，何以有这样的差别呢？无他，便是为了位置远近不同的原故。远处的物形状小，近处的物形状大。这是谁也知道的常识；但各实物的大小有种种差等，其位置的远近又有种种差等，在复杂的风景中，这两者相乘，而造成复杂的状态，在没有训练的眼，就不容易看到其在画中的正确的形状了。欲看到其在画中的正确的形状，须学“远近法”。故远近法者，就是研究物象因了位置远近的变化而起的形状的变化的学问。

例如前述的一幅水景，近处的船中画一个小孩，远处的桥上也画一个老人。则小孩的形状须比老人大得多，方才合于远近法之理。若照实际，小孩小而老人大，便成错误。——这原是最浅近的画理，不引用远近法，也可使大家明了。但倘教你站在一条走廊的一端，而描这条走廊的内部，没有图画的训练，便容易把窗，门，地板等的线的方向与长短画错，而不能在平面的纸上表出立体的走廊的深远之感了。这时候我们可用远近法的道理来证明这画的错误。

但远近法在画上的效用，也不过“证明错误”而已。我们决不能按照了远近法而作画，犹如不能按照了英文法而说英语会话一样。英文法是根据了英语的习惯而定的，同理，远近法也是根据了图画的自然之理而定的。贯通英语的人，其一言一语自然吻合英文法。同理，熟达画技的人，其一笔一划也自然吻合远近法。初学英语的人误说了 I is，我们可用英文法来证明他的错误。同理，初学图画的人把走廊中的窗画成实际的长方形，也可用远近法来证明他的错误。学英语全靠谙记熟练，文法仅供补助。同理，学图画也全靠观照描写，远近法也仅供补助而已。

学图画全靠练习观照与描写。“观照”是描写的根据，不能在自然中看出天然的画，即不能在纸上描出正确的图。故学图画，第一须学对于自然物象的“观照”法。这观照法应如何学习？无他，即如前面所说，对于眼前的景象，不可想起其为实物，而使其当时所显现的形状照样映入于眼帘中。详言之，把眼前的立体的景物，不论远近，如数拉到你面前所假设的玻璃板上来，使成为平面形。这样观照起来，你就可在自然界中到处发见“画意”；而你的描写也自然地吻合于远近法了。懂得了这种观照法，则远近法不学自通；反之，不会在自然中发见画意，即使读熟了《远近法》，亦不能作画。

“画意”与“诗趣”相近了。我的话也就从这里转入本题。

画家与诗人，其自然观照的态度，根本是相同的。其所异者，画家专写形象，诗人则兼写形象与意义。这是因为诗所用的工具是言语，画所用的工具是形色，材料不相同的原故。但对于形象，画家与诗人的观照态度是相同的。在一片自然景色之前，未曾着墨的画家，与未曾拈句的诗人，是同样的艺术家。风景画与叙景诗，在内容上是同样的艺术品，不过外形不同而已。

故画中有远近法，诗中也有远近法。今略举数例以说明之。例如：

槛外低秦岭，窗中小渭川。

这是岑参的诗句。诗人在楼阁中眺望槛外窗中的景色，把它们当时所显现的形象照样咏出，遂成为诗句。他的观照法，就是图画的观照法。他不把风景当作实物而冷静地张开眼睛来摄受，就看见秦岭低于栏槛，渭川小于窗格的天然图画。倘对景色而思起其实物，则秦岭高于楼阁不知数十百倍，渭川大于窗格更是无算，这结合亦全无画意与诗趣了，可知诗人所见的世界，与画家所见相同，都是合于远近法规则的世界。这两句话，是很正确的远近法的描写。

这类的描写，在诗文中不乏其例。孟浩然有句云：

野旷天低树，江清月近人。

这两句真是写景的佳句！其“野旷天低树”一句，远近法的描写更为巧妙。普通的眼，对于自然不能下冷静的观察，对景但思实物，就不能见到这个境地。在他们的意念中，天无论到那里，一定比树为高，决不能说出“天低树”的话来。只有能把自然的立体的光景看作一幅平面的图画的诗人的眼，才能发见这个妙境。在实际的世间，天是决不会低于树的；但在美的世界中，确有低于树的天。你得了诗人这句话的指示之后，试望平野，就可实证这个妙谛。平原上的树的叶子下面，不是衬着远方的天空么？所以这种诗句，我以为在艺术修练上极有价值，它们能教示你艺术的观照法，引导你到美的世界中，比平常的图画教课有力得多。

词中亦有这种佳句。例如张昇《离亭燕》中，有句云：

云际客帆高挂。

也是同样的远近法的描写。在俗人的眼中，云与帆相去何远！帆决不会挂在云际。但试赴江边，把眼前的景色当作一幅平面画图而眺望，帆不是高挂在云际的么？

犹记有一篇四言的颂词中，描写从山上眺望山麓上的行人，有“首下尻高”的句子。这描写更为奇特，更可确证文人对于自然的观照态度，是与画家同一的。静静地张开眼来，从山顶上俯瞰登山的人，确是尻在上面首在下的。但在普通人，其心为理智所拘囚，只当作他们是首在尻上而直立的人。这便是为了其观照的态度不冷静，其眼光不澄澈，其主观没有拿定的原故。

上述的数例，都是由于把景色当作平面看而见的现象。自然景色中，最容易当作平面看的，无过于天空与水。故关于天空与水，诗词中尤多巧妙的远近法的描写。试举数例：

黄河之水天上来（李白《将进酒》）

黄河远上白云间（王涣之《凉州词》）

接天莲叶无穷碧（苏东坡《西湖》）

回看天际下中流（柳宗元《渔翁》）

惟见长江天际流（李白《送孟浩然》）

平沙莽莽黄入天（岑参《古从军行》）

此外如“水天相接”，“芳草连天”等，在文学中已成为老套的句法，不胜枚举了。但名句自有特殊的妙处。在黄河的下流眺望，而说“黄河之水是从天上流下来的”；在黄河的上流眺望，而说“黄河是流向白云间去的”，诗人的话很像孩子的见解，而其实是合于图画的远近法的。把向前远进的天与水，看作垂直的一平面，水不是从天上流下来，或流上云间去的么？“接天莲叶”、“天际下中流”、“长江天际流”，“平沙莽莽黄入天”，都是同类的描写法。王之涣的《凉州词》：

黄河远上白云间，一片孤城万仞山……

第二句“一片孤城万仞山”，是更妙的远近描写的诗句。城与山，在理论上，分明隔着空间，远近不同。但在诗人眼中望去，两者同在一平面上。即在一片孤城之上，载着万仞的山，无异于舞台上的背景。这一类关于远近的描写，在诗词中尤多妙句。再举数例如下：

缺月挂疏桐（苏轼《卜算子》）
月上柳梢头（朱淑贞《生查子》）
柳梢残日带归鸦（袁揆燮《忆江南》）
明月松间照（王维）
山月临窗近，天河入户低（沈佺期）
天回北斗挂西楼（李白《长门怨》）
晓云连幕卷，夜火杂星回（宋问之）
云间东岭千重出，树里南湖一片明（张说）
秋景墙头数点山（刘禹锡）

马首山无数（龚翔麟《醉公子》）

山从人面起，云傍马头生（李白）

落霞与孤鹜齐飞（王勃《滕王阁序》）

万花飞舞春人下（李叔同《春游曲》）

树杪有双鬟，春风小画阑（龚翔麟《醉公子》）

这里面都是反常识的话。向来评家称道这等为妙句，便为了反常识的原故。试检点上列各句的意义：

月亮与梧桐树、柳树，在实际上相差极远。现在说“月亮挂在梧桐树上”，“月亮出在柳梢头上”，不是笑话么？残月与柳梢与归鸦，三者远近各异，诗人能伸缩它们的距离，把它们一齐拉在同一平面上。“明月松间照”，王维竟能撤销了松与月之间的三万九千启罗迈当[①]的距离，而说“月亮在松树中间”，诗人的神通真广大！山月近到临窗，天河低到入户，也只有诗人的眼能看见。北斗是挂在西楼，晓云与帘幕一同卷起，夜火与星斗一同回旋，都是非人情的话。东岭出在云间，犹可说也；南湖却怎会攒到树里去？“秋景墙头数点山”，刘禹锡看见山点在墙上，比王之涣所见的城上载山更加奇妙了。“马首山无数”，“山从人面起，云傍马头生”，可知诗人的山，不但能载在城上，点在墙上，又能生在马头上，起在人面上；而且马头上还会生云，何等神奇！落霞与孤鹜，分明相差甚远，怎能齐飞？而王勃做《滕王阁序》，做到“落霞与孤鹜齐飞”一句，居然会

① 启罗迈当，英文 Kilometre 的音译，即“千米”。

使阎伯屿惊叹其天才，后人又特别传诵而称之的警句，真是不可思议的事。

最后两例，更富画趣了。李叔同先生的《春游曲》云：

春风吹面薄于纱，春人装束淡于画。游春人在画中行，万花飞舞春人下。（下略。全文见《中文名歌五十曲》。）

这是指明把春日的郊景当作一幅画看的。当作画看，则一切诸物都没有远近，而在同一平面的纸上。即纸的上端画天，纸的中部的陌上有游人，纸的下端的近景为万花。故曰“万花飞舞春人下”。没有这种自然观照的态度，而用普通的常识想来，应该说万花飞舞春人“旁”，就杀风景了。花原只能在人的旁边飞舞，不能在人的下面飞舞，除非游春的人是腾云的。所以这一句也是非人情的话。“树杪有双鬟”，这株树上会生出人头来，更不近人情了。但这是何等好看的一幅画图！

关于文学中的远近法的描写，现在我仅举以上的几个实例。再要找求，此外一定还有许多句。诸君试把这种诗句在心中翻译为画图而玩味，一定很多乐趣。

如开篇时所说：这是很有乐趣又很有意义的一种玩意。我们在把文字翻译为图画的时候，一方面可以体验这文学作者的自然观照的心境，而深刻地欣赏他的描写；一方面又可由此练习自然观照的方法，而补助你自己的艺术研究。

一九三〇年七月十五日写于嘉兴杨柳湾之缘缘堂

（《中学生》，1930 年第 8 期）

谈读诗与趣味的培养

朱光潜

据我的教书经验来说，一般青年都欢喜听故事而不欢喜读诗。记得从前在中学里教英文，讲一篇小说时常有别班的学生来旁听，但是遇着讲诗时，旁听者总是瞟着机会逃出去。就出版界消息看，诗是一种滞销货。一部大致不差的小说就可以卖钱，印出来之后一年中可以再版三版。但是一部诗集尽管很好，要印行时须得诗人自己掏腰包作印刷费，过了多少年之后，藏书家如果要买它的第一版，也用不着费高价。

从此一点，我们可以看出现在一般青年对于文学的趣味还是很低下。在欧洲各国，小说固然也比诗畅销，但是没有在中国的这样大的悬殊，并且有时诗的畅销更甚于小说。据去年的统计，法国最畅销的书是波德莱尔的《罪恶之花》[①]。这是一部诗，而且并不是一部容易懂的诗。

一个人不欢喜诗，何以文学趣味就低下呢？因为一切

①《罪恶之花》，现通译作“《恶之花》”。

纯文学都要有诗的特质。一部好小说或是一部好戏剧都要当作一首诗看。诗比别类文学较谨严，较纯粹，较精微。如果对于诗没有兴趣，对于小说戏剧散文等等的佳妙处也终不免有些隔膜。不爱好诗而爱好小说戏剧的人们大半在小说和戏剧中只能见到最粗浅的一部分，就是故事。所以他们看小说和戏剧，不问它们的艺术技巧，只求它们里面有有趣的故事。他们最爱读的小说不是描写内心生活或是社会真相的作品，而是《福尔摩斯侦探案》之类的东西。爱好故事本来不是一件坏事，但是如果要真能欣赏文学，我们一定要超过原始的童稚的好奇心，要超过对于《福尔摩斯侦探案》的爱好，去求艺术家对于人生的深刻的观照以及他们传达这种观照的技巧。第一流小说家不尽是会讲故事的人，第一流小说中的故事大半只像枯树搭成的花架，用处只在撑持住一园锦绣灿烂生气蓬勃的葛藤花卉。这些故事以外的东西就是小说中的诗。读小说只见到故事而没有见到它的诗，就像守着花架而忘记架上的花。要养成纯正的文学趣味，我们最好从读诗入手。能欣赏诗自然能欣赏小说戏剧及其他种类文学。

如果只就故事说，陈鸿的《长恨歌传》未必不如白居易的《长恨歌》或洪昇的《长生殿》，元稹的《会真记》未必不如王实甫的《西厢记》，兰姆（Lamb）的《莎氏乐府本事》未必不如莎士比亚的剧本。但是就文学价值说，《长恨歌》，《西厢记》和莎士比亚的剧本都远非它们所根据的或脱胎的散文故事所可比拟。我们读诗，须在《长恨歌》，《西厢记》和莎士比亚的剧本之中寻出《长恨歌传》，《会真记》和《莎氏乐府本事》之中所寻不出来的东西。举一个很简单的例来说，比如贾岛的《寻隐者不遇》：

松下问童子，言师采药去。只在此山中，云深不知处。

或是崔颢的《长干行》：

君家何处住？妾住在横塘。停舟暂借问，或恐是同乡。

里面也都有故事，但是这两段故事多么简单平凡？两首诗之所以为诗，并不在这两个故事，而在故事后面的情趣，以及抓住这种简朴而隽永的情趣，用一种恰合题分的简朴而隽永的语言表现出来的艺术本领。这两段故事你和我都会说，这两首诗却非你和我所做得出，虽然从表面看起来，它们是那么容易。读诗就要从此种看来虽似容易而实在不容易做出的地方下工夫，就要学会了解此种地方的佳妙。对于这种佳妙的了解和爱好就是所谓“趣味”。

各人的天资不同，有些人生来对于诗就感觉到趣味，有些人生来对于诗就丝毫不感觉到趣味，也有些人只对于某一种诗才感觉到趣味。但是趣味是可以培养的。真正的文学教育不在读过多少书和知道一些文学上的理论和史实，而在培养出纯正的趣味。这件事实在不很容易。培养趣味好比开疆辟土，须逐渐把本非我所有的变为我所有的。记得我第一次读外国诗，所读的是《古舟子咏》，简直不明白那位老船夫因射杀海鸟而受天谴的故事有什么好处，现在回想起来，这种蒙昧真是可笑，但是在当时我实在不觉到这诗有趣味。后来明白作者在意象音调和奇思幻想上所做的工夫，才觉得这真是一首可爱的杰作。这一点觉悟对于我便是一层进益，而我对于这首诗所觉到的趣味也就是我所征服的新领土。我学西方诗是从十九世纪浪漫派诗人入手，从前只觉得这派诗有趣味，讨厌前一个时期的假古典派的作品，不了解法国象征派和现代英国的诗；因为这些诗都和浪漫派诗不同。后来我多读一些象征派诗和现代英国诗，对它们逐渐感到趣味，又觉得我从前所爱好的浪漫派诗有好些毛病，对于它们的爱好不免淡薄了许多。我又回头看看假古典派的作品，逐渐明白作者的环境立场和用意，觉得它们也有不可抹煞处。对于它们的嫌恶也不免减少了许多。在这种变迁中我又征服了许多新领土，对于已得的领土也比从前认识较清楚。对于中国诗我也经过了同样的变迁。最初我由爱好唐诗而看轻宋诗，后来我又由爱好魏晋诗而看轻唐诗。现在觉得各朝诗都各有特点，我们不能以衡量魏晋诗的标准去衡量唐诗或宋诗，它们代表几种不同的趣味，我们不必强其同。

对于某一种诗，从不能欣赏到能欣赏，是一种新收获；从偏嗜到和他种诗参观互较而新加以公平的估价，是对于已征服的领土筑了一层更坚固的壁垒。学文学的人们的最坏的脾气是坐井观天，依傍一家门户，对于口胃不合的作品一概藐视。这种人不但是近视，在趣味方面不能有进展；就连他们自己所偏嗜也很难真正地了解欣赏，因为他们缺乏比较资料和真确观照所应有的透视距离。文艺上的纯正的趣味必定是广博的趣味；不能同时欣赏许多派别诗的佳妙，就不能充分地真确地欣赏任何一派诗的佳妙。趣味很少生来就广博，好比开疆辟土，要不厌弃荒原瘠壤，一分一寸地逐渐向外伸张。

趣味是对于生命的澈悟和留恋，生命时时刻刻都在进展和创化，趣味也就要时时刻刻在进展和创化。水停蓄不流便腐化，趣味也是如此。从前私塾冬烘学究以为天下之美尽在八股文试帖诗《古文观止》和《了凡纲鉴》。他们对于这些乌烟瘴气何尝不津津有味？这算是文学的趣味么？习惯的势力之大往往不是我们所能想象的。我们每个人多少都有几分冬烘学究气，都把自己囿在习惯所画成的狭小圈套中，对于这个圈套以外的世界都视而不见，听而不闻。沉溺于风花雪月者以为只有风花雪月中才有诗，沉溺于爱情者以为只有爱情中才有诗，沉溺于阶级意识者以为只有阶级意识中才有诗。风花雪月本来都是好东西，可是这四字联在一起，引起多么俗滥的联想！联想到许多吟风弄月的滥调，多么令人作呕！"神圣的爱情"，"伟大的阶级意识"之类大概也有一天都归于风花雪月之列吧。这些东西本来是佳丽，是神圣，是伟大，一旦变成冬烘学究所赞叹的对象，就不免成了八股文和试帖诗。道理是很简单的。艺术和欣赏艺术的趣味都必有创造性，都必时时刻刻在开发新境界，如果让你的趣味囿在一个狭小圈套里，它无机会可创造开发，自然会僵死，会腐化。一种艺术变成僵死腐化的趣味的寄生之所，它怎能有进展开发？怎能不随之僵死腐化？

艺术和欣赏艺术的趣味都与滥调是死对头。但是每件东西都容易变成滥调，因为每件东西和你熟习之后，都容易在你的心理上养成习惯反应。像一切其他艺术一样，诗要说的话都必定是新鲜的。但是世间那里有许多新鲜话可说？有些人因此替诗危惧，以为关于风花雪月，爱情，阶级意识等等的话或都已被人说完或将有被人说完的一日，那一日恐怕就是诗的末日了。抱这种过虑的人们根本没有了解诗究竟是什么一回事。诗的疆土是开发不尽的，因为宇宙生命时时刻刻在变动进展中，这种变动进展的过程中每一时每一境都是个别的，新鲜的，有趣的，所谓"诗"并无深文奥义，它只是在人生世相中见出某一点特别新鲜有趣而把它描绘出来。这句话中"见"字最吃紧。特别新鲜有趣的东西本来在那里，我们不容易"见"着，因为我们的习惯蒙蔽住我们的眼睛。我们如果沉溺于风花雪月，就见不着阶级意识中的诗；我们如果沉溺于油盐柴米，也就见不着风花雪月中的诗。谁没有看见过在田里收获的农夫农妇？但是谁——除非是密勒（Millet），陶渊明和华兹华斯（Wordsworth）——在这中间见着新鲜有趣的诗？诗人的本领就在见出常人之所不能见，读诗的用处也就在随着诗人所指点的方向，见出我们所不能见；这就是说，觉到我们所素认为平凡的实在新鲜有趣。我们本来不觉得乡村生活中有诗，从读过陶渊明、华兹华斯诸人的作品之后，便觉得它有诗；我们本来不觉得城市生活和工商业文化之中有诗，从读过美国近代小说和俄国现代诗之后，便觉得它也有诗。莎士比亚教我们会在罪孽灾祸中见出庄严伟大，冉伯让[①]（Rembrandt）和罗丹（Rodin）教我们会在丑陋中见出新奇。诗人和艺术家的眼睛是点铁成金的眼睛。生命生生不息，他们的发见也生生不息。如果生命有末日，诗才会有末日。到了生命的末日，我们自无容顾虑到诗是否还存在。但是有生命而无诗的人虽未到诗的末日，实在是早已到生命的末日了，那真是一件最可悲哀的事。“哀莫大于心死”，所谓“心死”就是对于人生世相失去解悟和留恋，就是对于诗无兴趣。读诗的功用不仅在销愁遣闷，不仅是替有闲阶级添一件奢侈；它在使人到处都可以觉到人生世相新鲜有趣，到处可以吸收维持生命和推展生命的活力。

诗是培养趣味的最好的媒介，能欣赏诗的人们不但对于其他种类文学可有真确的了解，而且也决不会觉到人生是一件干枯的东西。

（《中学生》，1936 年第 61 期）

---

① 冉伯让，现通译作“伦勃朗”。

谈散文

李广田

来信收到很久了，未能早日奉覆，非常抱歉，你问我“散文怎样写”，我想了几次，都想不出个所以然来，因为我虽然也学着写过散文，但一直还是不知道应该怎样写法，这大概也就是我迟迟未能回信的原因。从前也有人向我提过这样的问题，此刻已经记不清是怎么回答的了，我所记得的一点，是我曾经用了“王顾左右而言他”的办法，引用了一回比喻就挡了过去。从这个简单的比喻中，也许可以体会到散文的写法吧，所以我也同样地向你再说一遍。

我以为以诗与小说来和散文相比，也许更容易见出散文的特点。假如各用一个字来说明，那就是：诗必须圆，小说必须严，而散文则比较散。若用比喻来说，那就是：诗必须像一颗珍珠那么圆满，那么完整。它以光泽为其生命，然而它的光泽却是含蓄的，深厚的，这正因为它像一颗珍珠，是久经岁月，经过无数次凝炼与磨洗而形成的；小说就像一座建筑，无论大小，它必须结构严密，配合紧凑，它可能有千门万户，深宅大院，其中又有无数人事陈设，然而一切都收敛在这个建筑之内，就连一所花园，一条小径，都必须有来处，有去处，有条不紊，秩序井然。至于散文，我以为它很像一条河流，它顺了谷壑，避了丘陵，凡可以流处它都流到，而流来流去却还是归入大海，就像一个人随意散步一样，散步完了，于是回到家里去。这就是散文和诗与小说在体制上的不同之点，也就足以见出散文之为“散”的特色来了。

然而，这样的说明恐怕还只是些空话，你急于要得到一个确切的回答，我想你对于我这番空话是不会满意的。也许别的什么人（譬如学者或专家）会给你个满意的回答吧，但我却是无话可说了。因为我总觉得文章实在没有什么方法可说，与其先求方法，还不如不问方法而尽力多读人家的好作品，你想学写散文，就先去把那些最好的散文读了再说。

在新文学的各部门中，散文的成绩虽不见得算是顶好，然而却也可以说是仪态万方，无美不备的。此刻我虽然不能逐一地举出那些作家的姓名及其作品，但我觉得这里确已有一个丰富的世界。譬如朱自清先生的《背影》，虽然只是薄薄的一本小书，而且出版已经那么多年了，但它一直也还是一个最好的散文范本，它叫我们感到写散文并不困难，并觉得无论什么事物都可以写成很好的文章，它那么自然，那么醇厚，既没有那些过分的伤感，又没有那些飞扬跋扈的气息，假如说散文之中也有所谓正宗的话，我以为这样的就是。其次是诗人的散文，如何其芳等人的作品。有一个时期，这一类的散文产量甚丰，简直是造成了一时的风气。又如冯至先生，他近年来写了若干散文，实在都是诗的，那么明净，那么含蓄，在平凡事物中见出崇高，在朴素文字中见出华美，实在是散文中的精品。此外如陆蠡的散文委婉而有深致，缪崇群的散文之善于抒写人情，都有很好的成就。我想特别向你提起的，还有小说家的散文，这一种散文，因为是出于小说家之手，由于人们只注意他们的小说，便容易把他们的散文忽略了，其实在一个初初学写散文的人，读这一类散文也许最有益处，因为作者是小说家，他们偶尔写散文，也就有了小说的长处：比较客观，刻画，严整，而不致流于空洞，散漫，肤浅，絮聒等病，——而这些却正是散文所最易犯的毛病。例如茅盾，巴金，靳以，芦焚等人，都有过很好的散文作品。尤其是沈从文先生的散文，如《湘行散记》《从文自传》等，对于学写散文的人也许最有帮助。鲁迅先生本来是小说家，写的散文却又各具特色：《野草》是诗的，《朝华夕拾》却是纪实的。《鲁迅全集》二十大本中，杂文占了很大的分量，这一派散文在我国新文学中的影响很大，内容是现实的，多方面的，文字的深刻老练，泼辣有力，别的作家实在不易企及。抗战期间，出于人们对现实的不满，这类杂文的产生与日俱增，且曾有人写了专书如田仲济的《杂文的艺术》等，也可见杂文的势力了。我还记得有一位署名曹白的作家，出了一本散文集，叫做《呼吸》，那种真实与新鲜的作风，也可以算是鲁迅杂文的另一支吧，可惜并未引起人们的注意，而且近来也很少看见这个人的名子了。

我上面所举的这些例子，当然是不完备的，也难免是我的偏见或少见的结果，但于此也可以见出散文的成就以及其作风之多端。你如看了这些人的作品，若想再追问散文的写法，那也许更是无从说起，因为各人只是照着各人的意思写作，实在并没有一定的方法。假如一定要说出这些散文作品的共同点，那我也就只好拿出我那惟一的法宝，就是：散文之所以为散文就在于“散”，就像我所举的那比喻，像河流自然流布一样。不过话得说回来，散文既然是“文”，它也不能散到漫天遍地的样子，就是一条河，它也还有两岸，还有源头与汇归之处，文章当然也是如此。所以，我宁愿告诉你，好的散文，它的本质是散的，但也须具有诗的圆满，完整如珍珠，也具有小说的严密，紧凑如建筑。假如把我上边举出的那些名家散文看过之后，大概也就可以知所会心了。

最后我要告诉你的，——这也许是你不喜欢听的，——就是：初学写作，从散文入手固然很好，但也并不是没有毛病，因为写散文成了习惯，习惯既久，就容易失之于不能开展，不能壮大，不能表现宽阔的场面，不能处理较繁复的事件，这种短处以受于诗人的散文影响为较多，而小说家的散文则比较可免于这种影响。

“所答非所问”，我的话实在应该打住了，但愿你不至于因看了我这封信而不高兴，更愿意你能告诉我你的意见。

（《**中学生**》，1948 **年第** 197 **期**）

郑重声明

“民国时期中学生读本”是一套“由大家写给孩子看的普及读物”，旨在以美好的文字、美好的思想，培养青少年的学习兴趣，陶冶青少年的高尚情操。

鉴于丛书内容涉及面广、写作时间跨度大，我社无法联络到所有作者。为尊重作者权益，我社特委托四川省版权事务中心代理部分作者的稿酬转付事宜。未收到稿酬的作者请直接与该中心联系。电话：028－86696629 地址：四川省成都市桂花巷 21 号 邮政编码：610015

天地出版社

2012 年 6 月